我願與你同行

伴你走過生命幽谷，
一位小兒科醫師寫給生命的情書

林思偕——著

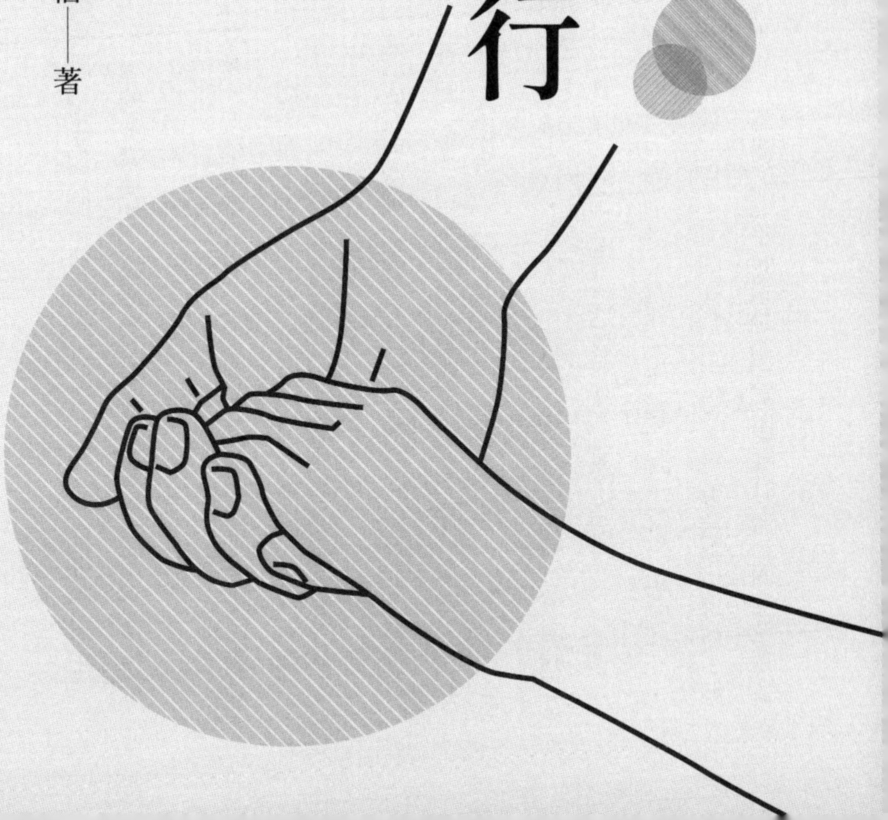

自序

從醫學生，見習醫師，實習醫師，住院醫師到主治醫師，我大部分醒著的人生，都在醫學中心度過。在這個機構的日子大部份的時候是：拘謹的、素樸的、苦澀的，趕deadline的、不敢多想別的，犯錯不起的。

尤其升主治醫師後，上班走的是同一條路線，工作夥伴是同一組人馬，自動循環。醫學技藝是王道，處理病人有ＳＯＰ。在指尖取代嘴唇，一切盡在不言中的數位化年代，看事情只在表面淺淺削過一層，沒有「想進去」。

年輕時因為太忙，我在診間和病房，只注意症狀與徵候，與病人日常生活及內心可能多樣世界擦肩而過。年紀漸長，多了一點對人類情境的驚鴻一瞥。這才發現，無論眼前病人甚麼症狀，病歷記載些什麼，總有一些「別的事情」在此刻發生。

醫院像戲院，不斷上演著人間的悲喜劇。醫生這一行，就像坐在戲院的第一排看戲。導演的耳語，演員痛苦的表情，主角困惑的眼神，每個悲傷的紋路……清清楚楚，無法選擇逃避。

疾病來自於喜怒無常的天上諸神：病人設法忍受，醫生幫忙處理。廣義的說，醫學是處理「不幸」的。病人各自的「不幸」，時時襲來，有的虛驚一場，有的如長夜漫漫，有的烏雲旁邊鑲了銀邊……能力與際遇所限，總覺得為病人做得不夠。醫病之間不該只是制式的醫藥叮囑，而應該是寬諒的、深情的、溫柔的、共感的、相互觀照的……

這些年，我記錄形形色色的醫病故事。書寫當下，總會夾雜對病人的思慮，滲進對筆下人物一點不忍的情感，從中找到別處難以取得的人生理解和意義。

病歷上的「實情」使人緘默，病歷外的「真情」讓人落淚。人不只是單純受苦而已。最終，「不幸」會成為一個個悲欣交集的回憶，一種圓熟人生確確實實的幸福模樣。

寫作的時候，我好像穿過任意門，走進一條獨特的小徑，到達人跡罕至的祕境，感覺心思自由流動，不講出來無從察知，一旦成形後則成為解藥，得到救贖。

故事引發內省，承認脆弱，促成連結，找到意義。看病時，我覺得人間有愛、天地有情、萬物可親、風和日麗，無往而不自得。

這輩子我當過主任、教授、理監事、總編輯……這些職位來來去去，帶來片刻尊榮，終究感到虛無。

我是個醫生，當「醫生」賦予我的不只是一個謀生工具。它是一種特權、一種福份，一輩子的印記。醫生和病人之間發生的事情：真摯、獨特、芳馨，值得記錄。

當我年老昏聵，不再能看病人，坐在輪椅上，顫抖的手握著醫學期刊，一個字也看不懂時，我還是最希望聽到別人叫我一聲：「林醫師。」

那聽起來最像自己。

你的苦，我知道 79

謝謝你相信我 111

不只是工作……151

這條路上我陪你……177

下輩子還要當醫師 259

感動，無處不在……

走在醫院的長廊上，守在狹小的診間中，
來回在一間間的病房裡，面對時時上演的，
欣喜的生、殘酷的死、隱隱的愛、悲傷的淚水……
而守護每一條生命的堅定信念，
是自始至終，我所堅持的。

夾縫

醫者行路上的小小出軌，常與感動不期而遇。

星期天，全院假日僅存的兒童門診，照例熙來攘往。一位老伯遠道而來要求加號。有點勉為其難，我對成人的疑難雜症並不熟稔。但不知怎地，看到他落寞眼神，拒絕就是說不出口。

挪動著有些僵硬的體軀，他步入診間，緩緩坐定。顫巍巍的手自襤褸衣衫間掏出證件。老伯一臉和善，鬚鬢盡白，憔悴的形容上寫著遠超過他年歲的滄桑。人極客氣，自言是獨居榮民，近日苦於失眠，卻被急診阻於門外，委婉向我要一星期藥。

病歷上的他無所遁形：憂鬱失眠、失眠憂鬱……反覆上演，精準而殘酷。

濁重的鄉音，難言的苦楚。與平常兒科診療的醫病互動迥異，看診不自在地緩慢。我依稀聽出一種油盡燈枯時的勉力掙扎；尋常人生卻埋藏著不可計數的委屈。雪上加霜的是：現實世界無可奈何的疏離他囚於夾縫，無人探顧。生命中的風塵與傷痕，總有難以承載的時刻。

憂鬱從天而降。你拿它一點辦法也沒有。

我開了藥方，約了回診，希望老伯可稍解愁緒，得數夜好眠。他暫展歡顏，道謝而去，卻輪到我不勝唏噓起來……

自己不也一樣在命定的夾縫裡動彈不得？闖蕩半生只換得逐漸後退的髮際，容易泛紅的眼眶。誰不想發光發熱，活出期許的人生樣貌？終究只能壓縮在「兒科醫師」的既定框架內，固守著孩童的笑顏和哭聲，夜以繼日地追逐忙碌與效率……假裝平靜，內心深處卻和老伯一樣有著揮之不去的陰暗，承受不起劇烈的搖撼……

偶爾還是要從夾縫往外探看，讓微弱卻單純的善念得越過藩籬，在冷漠世代釋放僅有的能量，稍稍緩解那屬於素昧平生病人的、也是我的，不可言喻的悲哀。

感慨退去，現實浮現。不一會兒，診間再度被鼎沸的兒童喧嘩聲攻陷，一個個愁眉深鎖的父母們向我走來。

過敏性休克

他是極重度的過敏患者，最近幾次過敏性休克（anaphylactic shock）發作，不知招誰惹誰猝然昏厥，差點就天人永隔。

彷彿與整個世界為敵，連呼吸也得小心畏縮。在客廳裡，或馬路上，細胞不擇地便要狂歡興奮。症狀流程遵循既定儀式：皮膚瞬間奇癢腫脹，既而喉頭緊縮、全身癱軟，接著闃黑從四方進逼，視野只剩隧道大小。驚恐失控感扶搖而上。

「全然崩塌前一刻異常清醒。不太寧靜，沒有靈魂出竅，不記得任何豐功偉業。倒是浮現一張張此生摯愛的面孔，想起破碎待補的關係，和欲說還休的歉疚。」他異常平靜地說：「這樣就走有點遺憾。」

他在鬼門關前一陣逡巡，驚起回頭，悠悠甦醒。峰迴路轉的情節，我每每聽得入神，和他一起慶幸一次次的全身而退，分享他回神時啜泣驚呼此身仍在的狂喜。

他變了個人，眼神殷切，帶點憤世的孤獨。我沒能治好他，他話語仍多感恩尊重。我延診，他靜待門外直至最後一個病患離去，語重心長勸我休假，對我重複「北海岸海釣」邀約。他亟欲將大夢初醒的頓悟傳染給我。

我只能兀自開藥，維持客觀。窮究本行疾病的致病機轉，不見得就能阻止對生命無常的慨嘆。

科學也許能解釋過敏怎樣發作，卻從未解答人何以會熱淚盈眶。

行醫多年，病患難以解釋的人生奧祕，隨歲月不斷積累。我寧受好奇齧啃，不讓病人無常的境遇影響我理智的判斷。但長年聆聽故事下來，我逐漸相信，經歷烈焰滿天的休克震撼，病患比我清楚什麼是生命中最重要的事。

我的日子看似飽滿：開會、查房、寫病歷、競逐論文，在戛然遠引時，恐怕虛無得微不足道吧。我慶幸自己捕捉到病人真情流露的悸動。下次他再邀我做些什麼，或許，我該暫拋一切，欣然應允。

（《中華日報》副刊，二〇一一年十月二十日）

幸福的凝視

「什麼風把你吹來？」診間出現久違的病患，寒暄中有驚喜。記憶還在襁褓中的她，如今已亭亭玉立，樣貌在時空流轉下產生巨大變化。「這些年都過得好嗎？」看似制式的問候，但我總忍不住脫口而出。

「林醫師多虧您照顧，這幾年平靜多了。」媽媽聲音沒變，她勇毅從容的眼神始終如昔。我們一起欣慰細數過往，一面感傷鬢髮各已蒼。

「這孩子您打從出生看到現在。」我細細閱讀孩子愉悅感激的臉孔，病歷卷軸開展出她十年前那段風狂雨驟，與疾病短兵相接的細節：「是啊！」我想起曾與這家人共同承載過沉甸甸的擔心和憂傷。

她極度早產加嚴重氣喘，幼兒時期感冒第二天就咳到發紺，濃痰如土石流瞬間淹沒氣管，頻繁進出加護病房。及其稍長，童年依然慘綠，爭一口氣無比艱難。有時呼吸微弱，血球計數和血氧濃度漸行漸遠之際，住院勢所難免。她杵在診間，眼睛微濕、嘴角下沉，深惡痛絕寫在臉上。她在醫院的每一刻都歸心似箭。

口服藥成效不彰，病重寧可妥協隱忍在家中捱，所幸總能轉危為安。近年從輾轉反側到只有零星發作，一家人把化險為夷的療癒歸功於我。明知天數如此非我之力，但苦悶倉促中有此令人雀躍振奮的幸福偷襲，我竟眷戀起他們的感激。

「醫師，你來我家玩玩好嗎？」孩子無邪望著我問。往昔我總以路遠繁忙推辭。這回她表情裡的正經與真摯不容我故技重施。去是不去？在心頭翻攪。

我想起醫師詩人約翰史東（John Stone, 1936—2008），曾記載一段欣於所遇的詩作〈病家訪視〉（He Makes a House Call）：

六七年之前／你開始頻頻昏厥／我在你腿上塗碘／從你血管穿針引線
注入足夠造影劑／你心臟的痼疾便顯而易見／頑石閉塞的瓣膜／我們沈重的雙肩
如今在你花園／無花果樹下／我躬身採擷番茄／不斷想起你的血
七年整前／剛把心臟研究周延／我為你置入人工瓣膜／乒乓球大精實如鐵／達達作響的嘈雜點
總有一些菸草痕跡／掛在你堅韌微笑嘴角／有時我也該嚼看／它究竟是何味道
你邀我進屋一瞧／名叫比爾的我該知道／塑膠士兵肚裡裝滿威士忌／在音樂盒上奔跑
我原是滴酒不沾地／發光的3D基督肖像／從不同角度看變成瑪莉亞
滲水的地下室裡／你該吃的藥丸／長春藤非爬滿天花板不止息
這裡你當家作主／無花果豌豆番茄生活／都歸你管
在醫院／我聽著你的人工瓣膜／開開關關不下千遍

我知道它笨拙不堪／但健康就是管用耐久夫復何求
蔬果滿載的回程／我不斷想著你不再昏厥的這七年
想著彼時你血濺我手宛若聖人／七年整前

醫師詩人娓娓道出七年前一場成功的瓣膜置換手術。原本如例行公事不足掛齒，「故人具雞黍，邀我至田家」後，醫者終能跳脫習以為常的視界，寬容領略病家那迥異獨有而快然自足的家居之樂：菸草、音樂盒、基督肖像。一切生機盎然，情景交融，如此隨興，卻又隆重足以喚起知覺。剎那間我恍然理解：痼疾所剝奪者，不只是生命跡象或檢驗數據，而是鮮紅如番茄的「生活」。而醫療所拯救的，是還病人一個充滿血色元氣、活靈活現的存在，裡頭有自主的尊嚴，自由的歡愉。醫學上的心臟，在幾億次的跳動後終要停歇。豐饒的方寸之地，則穿越時空情意深長。

醫者與人間病痛一戰再戰、勝負有時，當下水來土掩、瞬間無痕，與病人聚散如煙，似未留下腳印。但契闊經年，訝異自己猶能溫柔地辨識，那埋沉已久、關於病人的細微種種，像久經壓縮封存的電子郵件，安然潛藏於硬碟一角。容或是小小的突襲成功，短暫的偏安局面——那些記憶，任時光久遠也不會汰淨洗盡；那些場景，標記著生命最珍貴的行醫經歷。

「好呀！你要拿什麼款待我呢？」我不再猶疑，突然很想知道她家中客廳如何擺設，噹噹她可能稚拙卻充滿誠意的料理。我看著她宛若天使的臉，揣想她領我巡遊小天地時，如彩虹般的微笑。

我愈益珍視這「不看病，純訪視」的醫病互動時分。不必掛號，沒有預警，不在病歷留下任何紀錄，相遇卻如此令人歡喜。它打破慣性，趕走疲乏，舒緩我原本疾走的步調，讓我睜開心靈之眼，重新體認行醫的價值。

（《中華日報》副刊，二〇一一年二月二十八日）

上車

從北到南，他驅車接父親上醫院。越來越沈重的歸途，他越來越不認得的父親。從僵硬、顫抖、動作失控到無法行走，醫師的預言像寫好的劇本，而父親像敬業的演員，把悲慘一幕一幕地忠實呈現。

父親好強，疾病早期只見伸向車門把的手略顯遲緩。接著步伐細碎、拖曳、不自主停頓、發怔。漸漸，他得攙扶父親上車。

移動父親關節，像「極限體能王」裡的「鯉魚躍龍門」：齒輪般一格格艱難推進。歲暮天寒時，父親彷彿被點了穴，全身動彈不得。要把他弄上車，像要把積木塞進形狀不對的空間，他光是想就滿頭汗。

訪視觸目驚心。父親枯槁的形容，隨巴金森症迅速結冰。孫女的小手箝在他掌中疼痛難以掙脫，穿衣和進食都成嚴峻挑戰，父親的肌肉群正密謀叛變，想一舉推翻大腦統治。

藥物似殘兵敗將，無力鎮壓，只能延長這煎熬。他回家的頻率變高了。

他的母親是丈夫最可靠的依賴。二十四小時警醒戒備，應付他突如其來的顛跌。不是說好了退休一起周遊列國？母親垂暮之年的想望看來是破滅了。但她沒有怨言。

大嫂首先發難：「送安養中心罷！」大哥不答腔。幸好父親記憶被疾病鏽蝕，意識忽明忽滅，不必老是清醒面對這充滿挫折屈辱的世界。

他的孩提記憶鮮明：睡前抱一堆童書要父親說故事。父親表情豐富，嗓音宏亮，還會即興演出，擅改老掉牙故事的情節，聽了哪還睡得著？

父親也愛趁著夕照，騎摩托車載著他，奔馳於鄉間。有一次不勝酒力，連車帶人跌入田裡，他摔斷了腿，父親倉皇緊抱住他狂奔，逢人便喊救命，不知跑了多遠，慌了多久……

他捲起衣袖，與看護兩人齊力，將父親從輪椅上扛起，緩緩移行，輪椅與車門之間似有關山重阻。父親不聽使喚的關節，幾經東摺西拗，總算就範，勉強將身子塞進車內。一定很痛。

放開手煞車，踩上油門，車子穩穩前行，他吁了口氣，抬眼從後照鏡望向父親，怎覺得父親也正溫煦回望；忽地，心湧起一股帶甜的篤定，原來父子這血濃於水的堅強鍵結，一直都在。

（《中華日報》副刊，二〇一一年六月二十七日）

病歷審查

三個月一次的例行公事，必須於百忙中抽身，關進醫院病歷室，尋找貼著自己名條的專櫃，分批抱走一本本厚重的病歷。坐定，記下起始時間，逐頁檢視「找碴」。這是按時計酬的病歷審查。

病歷是醫院評鑑的關鍵環節，醫師據以晉升的重要參考。評定標準森然羅列，住院病史，問題導向，病程記錄，出院摘要，像體操競技地板運動裡的支撐、倒立、翻轉、懸垂，要求動作細節完備到位才給分，不容婦人之仁。

這是經驗證過最客觀的版本了。表格明確友善，不勞深思熟慮，一陣充填勾選，優劣昭然若揭。評來評去，標準模板呼之欲出。

病歷室小姐細心摺頁，要我審閱最近一次的住院紀錄。病患的苦水三千，僅能取一瓢飲。大部分的病歷中規中矩，井然有序，在橫切面的抽點掃視下安然過關。

但遇到重病遽亡案例，我總意猶未盡，忍不住越界窺探。從病歷首頁翻起，把病患從勇健無恙，逐漸疲軟危脆，而卒走向生命終站的全紀錄，「十數年如一瞬」一覽無遺。

這才發現許多「優良病歷」，明明生命徵象與檢驗數據俱在，但雷射印表機打出的字跡不痛不癢，直至彌留之際，我猶感應不到病人的溫度，揣摩不出病人的容顏。

倒是一些偶爾失手的病歷，凌亂手寫字跡散佈於電腦失神空白，縱觀之卻首尾呼應，注記令人震撼的「病家觀點」。病人素未謀面，我能清晰感受那猛然急墜的魂靈、破碎的家庭、無法實現的期約。我看到醫師站在同一陣線殷殷助病人重整旗鼓。我從沉默的紙面讀出傾聽，無常的人生裡有暖暖的問慰。

這病歷上溫熱的氣息讓我想放聲哭泣。儘管它在制式表格裡乏善可陳，我偏心地在「對此本病歷的整體印象」欄位恣意加分。

徐徐將最後一本病歷歸位，寫下結束時間，心想自己是不太稱職的病歷審查員。長嘆一聲，踱出病歷室，走回因襲陳腐的人間。

（《聯合報》副刊，二〇一二年一月三十一日）

無言

兵荒馬亂的值班夜。你踉蹌走來，說你聽不懂主治醫師說些什麼，問我情況有多糟。像我們小時候玩「隱形人」遊戲：任憑你暴跳拉扯，大夥兒還是佯裝看不見、把你當空氣一樣氣急敗壞。

我輾轉得知切片結果：喉癌二度復發，捲土重來的腫瘤加倍獰惡，包圍食道、進逼氣管。難怪你進食困難、呼吸淺促。你氣質粗獷，一如往常後知後覺，總要我解釋別人拐彎抹角罵你的笑話。

還記得那次在偌大的糖紙工廠玩捉迷藏嗎？我們埋進碎絮紙堆裡相視而笑，以為那是絕佳的遮蔽，怎料你形跡敗露，先被「鬼」抓到。你若無事然，要我噤聲躲好，語調堅定，使我獨處幽暗也不心慌。你成為我「事無大小，悉以咨之」的苦主。

主客易位，這回「鬼」玩真的。醫學門外漢的你，從被推進醫院那刻起，得長囚於苦牢，時間就是凌遲。

我的專業沒能提供你多少慰藉：這東西動起來工程浩大，手術吉凶未卜。化療電療、單株抗體，危急時還有葉克膜，不愁彈盡援絕，但肯定形銷骨毀。大嫂安靜溫婉，二十四小時警醒隨侍，任你頤指氣使。孩子們稚嫩可愛，熟睡時你總忍不住偷親。我知道再多針刺刀割，你也不會吭一聲。

大三大體解剖課我成天與屍體為伍，蠟樣的皮膚、灰白的臟器，一片肅穆死寂。你問我怕不怕，我笑而不答，只想和你溜出來抽根菸緩衝消解身上的福馬林味。你以為我最熟悉死神的樣貌，其實不然。

我的惶惑不捨寫在臉上，不用隻字片語你已嗅到生命開始倒數的氣息。兵荒馬亂的值班夜，才C[1]完兩個又送一個到加護病房。我時時繃緊神經，但這裡樣樣失控，得逐漸學會沉默面對無常人間的遺憾與傷感。要不是你來，過幾個小時天就亮了。

（《聯合報》副刊，二〇一二年，五月九日）

1　C是病房術語，指CPR，施行心肺復甦術。

自剖

外科生涯讓你忙碌而被動，你在峰巒起伏的戀愛世界中跋涉良久。年歲增長，同學兒女成行，你仍尋尋覓覓。

這次不同，你說找到真能傾聽你的耳朵。她眼裡的盈盈笑意，像腫瘤標記的獨特螢光，召喚你一探究竟。

你掩飾不了看到她的神采飛揚，一如你找到病患沉疴解藥般悸動。你靜觀其變。你知道標的物如孩子追趕的球，追到了又會踢它一腳。

你徐徐鋪上手術巾，劃下手術刀。

想到她，例行公事變得興味無窮：你一面開刀、一面寫論文、教醫學生修身齊家……你忙翻了但心在渡假，神清氣爽，重拾輕盈步態。耳機裡每首古老情歌都在寫你。你漫不經心望遠發怔。一開金口，大量智慧話語湧出，彷彿不再介意這不義及污穢的世界……

你興致勃勃，將筋膜層層剝離，朝諱莫如深的病灶挺進。

只是過了些時日，她動靜全無。（該動的是你，不是嗎？）

猜疑、顫慄、妒恨接踵而來。等待的獨處如此煎熬，或許她有著一長串追逐者，像你開出的預住院名單，總讓病人望穿秋水，等不到床。

這檯刀凶險萬狀，你截了幾條神經、傷了些許血管，手術場域一片混沌。你心寒手抖，看不見自己。

現實世界的人們冷淡疏離。她和你，像袋裡的彈珠，緊密靠近，接觸點卻如此微小。

她像從天而降的美麗蝴蝶，偶爾停在你手上，怎麼也飛不進你的生命窗口。你可以水波不興地離去。像以往一樣。重新開機，面對沒有她的螢幕。

視野逐漸清晰。巨大難以摘除的腫瘤，在胸腔深處歇息。愛情已到盡頭，你悄悄撤退、輕輕縫合。傷口還滲著血。

（《中華日報》副刊，二〇一二年八月六日）

上刀

開刀房裡，醫院的消毒水味在此濃縮加重。屬於這部落的族類特徵明顯：不怕酷熱、不帶感情，裹起手術衣戴上頭套口罩，像綠色蕩蕩遊魂，在強光普照，滿是器械的狹隘空間裡迅速穿梭移位。

我奮力刷手，使雙手菌落數趨近零，此身不曾如此潔淨。玷汙手術場域可是極惡大罪，「無菌操作準則」就是驅魔符咒，我虔誠默念，小心盤算下一個動作；隨時東閃西躲，告訴自己放機伶些：一個愚蠢的碰觸便是萬劫不復。

躺在手術檯上的，是我當實習醫師輪值到外科接的第一個病人，因長期腹痛暴瘦住院。年齡相近，我們傾蓋如故。病史詢問和理學檢查十分順遂。不覺與他多聊兩句，聽出他的忐忑難安。我安慰他，並相約出院後一起做些什麼。

醫學院紙上談兵多年，想到能上刀就雀躍難眠。昨天還風趣健談的他，此刻沈睡於手術鋪巾層層覆蓋下，僅開啟一扇難以辨識的皮膚窗口。手術刀由此劃下，刀戟槍砲就要長驅直入。

一場無與倫比的活體生理壯遊饗宴於焉開始：主治醫師殷殷導覽下，病人腹腔像3D教科書：我第一次確認脾臟在左上盲腸在右下。十二指腸、肝門靜脈、總膽管，久仰其名而未睹實物者，如今鑷鉗所至，無所遁形。原來往昔儀式莊嚴的腹部觸診都是捕風捉影。

血管在搏動，神經在放電，主幹分流阡陌縱橫，與昨夜猛K的解剖圖譜如出一轍。原來手術檯上大家都一個樣兒。越往結構細部端詳，皮囊下的五臟六腑的紋理越是雷同。儘管醫學殿堂富麗繁複，冥冥之中自有通則。

只是定睛細視，竟有大小種籽星羅棋布在肝臟表面，腸繫膜上，腹水漫漶於牽引器拉扯到極限的視野。醫師拂拭採樣，彷彿重回「CSI犯罪現場」。病理確認：屬第四期遠處轉移無疑。

主治醫師不發一語，旋即偃兵息鼓，迅速縫合。他解開頭套，扯下口罩，憤憤把厚重的手術衣擲進衣簍。天旋地轉。我頓時喘不過氣，轉過身來，緩緩為病人卸下舖巾，移走管線，拂去血水。無菌狀態已經解除。我尋回病人獨特而安詳的臉龐，想起他淒婉動人的疾病敘事。昨天的卑微想望，今天已顯奢華。

接待室裡寒風蕭瑟，主治醫師細細拆解壞消息。不知誤觸什麼引信，家屬神經迸裂，淒厲的嘶叫聲讓人心碎。屬於白袍的語調猶四平八穩。我暗自垂淚，心想要多少年才學得來他的冷靜淡定。

沒想到醫學的棘手深奧處，是從病人手術完畢推回病房後開始。

（《聯合報》副刊，二〇一一年七月二十一日）

掩飾

神經科實習第一天，我把《神經解剖圖譜》像十字架抱在胸前，絕望抵抗總醫師的咄咄質問。十二條顱神經像隱晦溪水蜿蜒於胸壑，流著流著便不知去向。總醫師鄙夷眼神明白識破：昨晚沒唸書，徹夜狂歡宿醉的氣味猶存。

我還抓不出敲擊問診槌的正確力道，就要在門診上陣「接客」。你被家人「押」來，主訴是記憶力減退。總醫師教我們要直視病人雙眼。七十歲的你，額頭像戰場，皺紋是戰壕，眼睛如乾涸的散兵坑。

我的襯衫熨燙服貼，條紋領帶工整，害怕你看出我二十五歲的生澀，逐字念出「簡易智能量表」的範例問題：「家住哪？」、「有幾個小孩？」、「現任總統是誰？」我語調低沉，化身一名幹練的偵探，如鷹鷲看準獵物，隨時要俯衝而下。

你有點窘，蹙眉拭汗，像中毒的電腦，自言自語且步履沉重。一百減七再減七像解微積分般艱難。我看你如臨大敵，改問你生活瑣事，你信口胡謅，煞有介事。老伴噙淚頻頻向我搖頭。

我定格剪影你，揣想你人生的錄影帶上烽火漫天的戲碼。你符合每個教科書上陳列的診斷標準，正上演著失智人生的乾旱、嚴寒、荒涼。你置身廢棄機場，政府已被推翻，最後一班飛機已高飛遠颺，沒逃出去的可能了。

你無力倒帶，說不出流暢的故事。我再也問不下去，感傷從胸腔上升至喉頭。得輪我說些什麼，來填補哽咽時的難堪空白。但總醫師沒教，醫學院沒上過這堂課。你透視我的坐立難安，我和你一樣無所遁形。

（《聯合報》副刊，二〇一二年七月十八日）

點滴

實習醫師的例行公事：六小時一次或更常，抱著滿盤的針藥，從護理站往東出發繞上一圈，穿梭在哀鴻四起的病床間，進行靜脈注射，整個病房都是我的轄區。醫院午夜是絕望發作最佳時分。

癌症藥物品類繁盛。輕重快慢針針不同。「生存指南」語帶威脅，詳載各種打錯藥的災難比正文還精采。總醫師對我諄諄告誡，只管埋頭打針，少議論病情。

你住在轉角。前一陣子你的監測器頻頻作響，大家為你的化療、血壓、抱怨踱進踱出。後來家人簽了ＤＮＲ[2]，你已不能回嘴。床頭名牌的長串診斷，對我張牙舞爪。我手上三五成束，以橡皮筋綑綁的軍火薄弱，鎮壓不住你的呻吟。

白天醫師到你床前嘆息遙望，沒碰過你。隔離病房名副其實，聞不到人味。我準點敲門而入，作你的人肉時鐘。難捱的靜默，杵在善意第三者和水落石出的生命之間，我知道多說無益，你知道於事無補。

鼻胃管、導尿管、胸管，交錯糾結，把你生機引流殆盡。你還是優雅地泅泳於病痛之海：溫柔示意我管線入口，堅持我六支棉棒須以酒精及碘酒交替擦拭。抗生素推快了你蹙眉嘆息，打止痛劑

2　ＤＮＲ，do not resuscitate的縮寫，即放棄急救同意書。

時你悠然閉目，我深怕你忘了喘息。

半晌針推不動了，你危脆血管承載不了濃稠的輸液。我毅然拔除這已產生疑慮的生命管線，準備重打。口袋裡止血帶、蝴蝶針、3M膠帶一應俱全，打點滴是我僅會的救人技藝。你微哂同意。

靜脈埋沉在滿目瘡痍的手臂，我反覆刺探挑撥總算打上。你用殘存的神經，努力挪動身軀，體諒我的生疏。我瞥見你屈辱的赤裸、難堪的傷口，和意志熾烈的眼神。

吊上新的點滴瓶，你我一起如釋重負。你會好些，不久藥氣就會周轉全身。但死亡的鏽蝕，規律而確定，像點滴裡不捨晝夜的川流，滲進你的血管。我感覺自己的細胞也在裂解凋零。

你的姓名條碼被光筆切割得模糊難辨。或許很快就可將你遺忘。盤中針藥猶多，我得趕快上路。在醫院四處游牧，四處等待震驚。我保持愚蠢，低調前行，明天試著在另一部落重生。

（《聯合報》副刊，二〇一二年，九月九日）

病史詢問

醫學生病房見習第一天，總醫師教我們「病史詢問」技巧。他要同學捉對互相演練，做好角色扮演：白袍是戲服，聽診器是道具，對答按照劇本，舉止是反覆排練後的標準動作。

教科書上各式病理組織切片圖看了不少，倒是尚未認真端詳過病人的容顏。望著鏡中自己怯生生的矬樣，心想病人會聽我的才怪。第二天總醫師就要求我們上陣與「真實」病人短兵相接。還得撰寫報告列入考核。

我的病人是住在單人病房的老婦人。她病得不輕，瘦若柴骨。我懷疑她的病歷比她還重。上頭那些佶屈聱牙的病名還沒搞懂，我手抖心驚敲門而入，像生平第一次跳傘。

「請問您這次為什麼住院？」、「這問題困擾您多久了？」、「想必很不舒服是嗎？」、「什麼姿勢比較不痛？」、「您的生活品質恐怕也大受影響吧？」其實不難。我問題一個接一個奮勇挺進。她面帶微笑，有問必答。她真把我當醫師看，我想我唬過她了。

如果有人陪，她應該滿健談的。尤其問到兒女或碰觸到她的傷心處時，話連珠炮似地讓我不忍打斷。我聽著聽著分不清楚自己是演戲還是當真，竟為她的困境而落淚。腦中的劇本慢慢消融，互動逐漸不經思慮。

「我還可以幫您做些什麼嗎？」我試著回歸專業，準備收尾。

「有啊！」她回答。

這突如其來的脫稿演出把我嚇出一身冷汗。昨天排練時這問題的答案是「沒有」呀！我來醫院沒幾天，還停留在「入大廟，每事問」的階段，西塞爾內科學還翻不到兩頁就睏了，總醫師教的術語像火星文。正沮喪自己沒用，要怎麼幫她？報告要怎麼寫？學海無涯，連總醫師也說他很多都不會，更何況是我？這不公平！

風暴將至。我疲軟地靠在床沿，用乞憐眼的神望她，手無寸鐵地準備承受她測試我醫學知識極限的致命一擊。

「醫師，您明天還會再來看我嗎？」

（《聯合報》副刊，二〇一四年三月二十七日）

人師

領著醫學生迴診教學，我竭力闡釋病人身上的線索。學生像一張張純淨空白的畫布，等待我上色。我把最好的都拿出來了。但我分辨不出，學生的眼神是讚歎？抑或鄙薄？我想起你。

那時的我和眼前這群小毛頭一樣，醫學系五年級，四處晃蕩覓食。空有架式，眼神比病患還迷惘。醫護團隊巡房的療癒樂聲悠揚，我像天外飛來的不協調音，足以打亂一切節奏。

你是我的supervisor，醫院把我像嬰兒般放你手上，你呵護我、調教我，我出亂子你要扛。

那時你是個「住院」醫師，感覺你有著用不完的體力，似要把自己燃燒殆盡。下班的鐘聲，你充耳不聞，你宿舍的床，雖設而常空。你的白袍沾滿血漬，醫院沙發或中庭座椅，你不擇地墜入夢鄉。beeper急響，你又一躍而起，縱身投入疾病風暴。

你說你不愛烏托邦的安逸死寂，喜歡挑戰生命的動盪疑懼。你劃破一本本沉甸甸的醫學聖經，神遊一檯檯驚心動魄的大刀，往肉身最腐壞處鑽研。疾病詭譎多變，你陪病患一起翻山越嶺；病患行到水窮處，你為早逝的生命潸然落淚。

你曾工作三十六小時不闔眼，我說太苦了吧，你說看到腎臟移植病人手術後第一滴尿時，一切都值得。

病榻前，你攜著我的手，往病患左上腹緩緩移行，感知脾臟尖端；手術檯上，你為我挪出最佳觀測位置，血肉淋漓的真相，盡收眼底。

我動作慢，耽誤了你例行公事，你總是拍拍我肩膀，用一種不可言喻的寬容眼神凝視我。你打點我這顆小螺絲和「安搭」教授一樣用心。

白袍像夢幻的斗篷。起初穿上它，我有點心虛。但跟在你身後亦步亦趨，我彷彿能飛簷走壁，越過高牆，一睹醫學殿堂之美。循著你的視角望出去的世界，有行醫助人的歡欣。你教我教科書沒法書寫的，醫者面對生老病死時內心的翻騰。

你話不多，你讓我站在你旁邊，自己看。我永遠記得望著你時的忻慕和感動。現在，我要努力讓學生看我的眼神，就像當年我看你一樣。

（《中華日報》副刊，二〇一二年八月二十八日）

穩定

假日查房。全科三十九位病人皆穩定，只是各自穩定在不同的狀態─有的明天就可以出院了，有的是稍做喘息，等待下一個戰役的開始。

我想起我「出身」的台大醫院舊址四西東腫瘤病房，現在是三級古蹟。那個年代，癌症病患從各地蜂擁而至，沒別的地方可去，再來就跳太平洋了。這裡就是他們的麥加（Mecca）。

四西的疾病像境界分明的「固體」，例如肝癌。黃疸、腹水、肝昏迷，循序崩壞。症狀稍可預期。四東的疾病則像難以捉摸的「液體」，例如血癌。化療摧殘後的免疫系統，感染伺機漫漶，分不清急性慢性，或病危。

平常白天教授率領醫療團隊，大陣仗浩浩蕩蕩查房時，說也奇怪，病人症狀會突然變得「穩定」，邪魔退避三舍，一片歌舞昇平。黃昏交班後，剩我一人形單影隻值班時，病房就會變成四處噴發的活火山，哀鴻遍野起來。

猶記一個四東的值班夜，護理師叫我起來看一個寒顫不停的血癌病人。病人化療後禍福未卜。身上沒半顆白血球，連血紅素血小板也岌岌可危，各種超級抗生素都用上了。

是單純發燒導致？還是失控的敗血症？我翻遍教戰手冊，仍百思不得其解。

我量病人的脈搏，跳得很快，不知道是我的還是他的？護理師問我作何處置？我和病人一樣臉上毫無血色。護理師見我困窘，指著吊在病人點滴架上的那袋「不明」液體對我說：「病人輸血小板濃縮液有時會這樣。」

「我們通常會給點Demerol[3]。」她輕聲建議。我半信半疑，又不敢驚動住院醫師，只能照辦。慢慢地，顫抖真的緩解了。病人一覺好眠，又回到「穩定」狀態……

邇後值班夜不「穩定」事件頻傳。我少不更事，第一線置身恐懼的風暴，總是困心衡慮，不敢走進病人房間。

所幸，總有貴人指導解圍，學習無所不在。四西東病房的木造樓梯，如今仍吱嘎作響。我想起彼時反覆踐履其上，逐日踏實的步伐。滿心感恩。

（《中華日報》副刊，二〇一四年十一月二十六日）

3 一種麻醉鎮痛劑。我也被打過，感覺很不錯，心情會很穩定。

聽診器

你老了。皸裂的橡皮，略鏽的膜面，鋼管接合處疑似「脫臼」。像中年的我，與現實脫節一樣。你過了保固期限，就要壽終正寢。

你長駐我白袍口袋，從我診治第一個病人起無役不與。你不多言，只忠實放大聽覺本能。疾病的汩汩聲響：肺炎的囉音、氣喘的嘶鳴、毀損心瓣膜的脫垂，透過你抵達我鼓膜。我反覆練習，終能一一辨識。你耀武揚威的美好年代，我不需胸部X光，便能鐵口直斷病情。

不管何種病痛，我必定貫徹「聽診」儀式。將你懸在頸上，我便能自信凝望病人，娓娓解說釋疑。你的膜面冰冷，病人先是輕顫，見我專注沉思，繼而感覺溫暖，微哂以對。你的管線雙向通行──我聽出病人的深層恐懼，病人領受我的殷切關懷。

我攜你在病人身上遊移，有時會尋得生命痛楚的線索，似軟木塞自香檳酒瓶迸開，悸動如泡沫嘶嘶溢出。即使聽不出甚麼，因著你的鍵結，病人不再緊抿嘴唇，生命故事源源不絕。

我們曾什麼也沒做，卻分享了病人霍然而癒的雀躍心搏，也曾什麼都做了，病人卻被宣告死亡。徒勞的急救後，一起凝望病人無反應的瞳孔。你被放上不再起伏的胸膛，再努力貼緊也寂靜無聲，不願相信病人真的離去……

你逐漸失去光澤。當代高科技把病人照得通體透明。電腦斷層、核磁共振，幽閉的空間裡，沒有人味，只剩冰冷的光線。而我仍倚重你。因為你提醒我，要做聽故事的人。造化是編劇，醫院是場景，病患是主角，我戴上你客串演出，參與了一場場驚心動魄的戲碼。

你將除役。我用網路買下嶄新的聽診器，構造和你一樣簡單輕巧。感覺你不曾離去，陪我繼續探索，病人渴求被辨識的任何聲響。

（《中華日報》副刊，二〇一二年十二月十二日）

多久

醫師宣判那刻，時間靜止。像慘烈車禍，一聲巨響。你撞穿擋風玻璃飛將出去，滾到路旁，倒在血泊裡。人群瞬間集結，議論紛紛。沒多久旋即散去。你被留置原處，震驚到無法呻吟。

你的理想邏輯：有病，治病，變好。於是你行禮如儀：手術，化療，放療。幾番進入麻醉時光機，期待醒來時一切改觀。但事與願違。你需要更多回診。手上緊握著關於光明的希冀一點一點從指間散逸。

腫瘤科候診室，瀕死的氣味懸在空中。你像銜枚疾走的戰士，盡量屏息，用微弱耳語，和癌症散兵坑裡並肩的同袍，交換困惑與羞愧眼神。你們是生死一線的攀崖者，在凜冽寒風中對著峭壁嘶喊，沒有回音。

在這裡，漫長戒嚴的生命，已厭煩無盡的檢查與詢問和那些雲淡風輕要你力抗群魔的衛教手冊。牆上被癌症統治的時鐘，讀不出今夕何夕。

你受夠了。拒絕更形銷骨毀的實驗療法，你問醫師：「我還有多久？」

「這說不準，大概三個月。如果……」醫師像做錯事的小孩囁嚅招供。

你聽不下去，奪門而出。化身集中營裡絕望的囚虜，病袍半遮半露，沒命奔跑在強光普照的長廊。不能長些嗎？生命還有太多未竟事宜。你像孤立於狹仄而迅速消融浮冰上的北極熊，憤憤不信地球已暖化。

跑著跑著，發現自己誤闖另一醫院迷宮禁地——產科候診室。那是一個人聲嘈雜的市集，宛如節慶的氛圍中有盎盎生機。

「患者」腆著便便大腹，像雄赳赳的將軍踱步，相互檢閱「害喜」症狀，所有不適都愉悅承受。不斷甜蜜複習關於新生命的照護和禮俗，舉凡胎序性別、食補禁忌……幸福在口耳相傳中散布增值。準媽媽目光熠熠，彷彿聽得到未來孩子無邪的喧鬧笑聲。

你停下腳步和一孕婦寒暄。望著她胸腔下驕傲的隆起，你靦腆地問：「孩子還有多久？」

「預產期大概再三個月。」她的眼神迫不及待，笑靨像醫院荒漠裡不期而遇的綠洲。

（《聯合報》副刊，二〇一二年十二月二十八日）

當機

行醫之路，單調重複中實則暗藏珠璣。

電子病歷讓看病「標準化」。我把大部分的目光留給電腦，學習以既定模板書寫病歷、填充空格，像造一面網，篩去病人無病呻吟的雜訊；也像築一道牆，阻絕病人愁緒的入侵。一切都太有效率了。

但是，眼角餘光處，病人某個手勢、規避的眼神、欲言又止的靜默，仍不時帶給我疑惑與騷動。我意識到病人的某部分傷痛，電腦和我其實都不懂。

有一次門診電腦當機，速度變慢。藥方開了卻印不出來，病人望眼欲穿。我盯著螢幕不知所措，乾脆轉頭開始與他們閒聊，排解這難堪的停頓。

我意外發現病人對我知無不言。例如對抗疾病時的深層恐懼，例如疾病帶來的缺憾和不便。提醒了我醫院象牙塔外，複雜費解的人間萬象。他們如此真誠地侃侃而談，害我不再能板著臉照本宣科，也開始暢述自己對疾病的看法和主張，說出換了我是你會如何如何之類的話。

病人竟像領到藥般輕快欣喜。

這才豁然明白，原來病人會上門求醫，不全然是因為症狀本身，而是隨症狀一起被截斷的，某種心靈得以依託、尋常人生的美好規律。螢幕上病灶影像、白血球數量、腫瘤指標等拈之即來。但病人需要的是一種感覺被了解的人性連結。

電腦從嚴重的毀損中甦醒。大夥兒怨聲載道，我則因頓悟而竊喜。我要更常讓病人發聲，走進他們的生命經驗，重新描繪電腦記錄不來的疾病樣貌。天使藏在病人故事的細節裡，和病人一起辨識它，可以找到行醫的理由。

（《聯合報》副刊，二〇一四年一月十九日）

見習報告

他的肝臟被腫瘤塞爆，骨頭像蜂窩一樣易碎。這種病據說只有醫學中心能看，於是他來了。但主治醫師拚命製造不在場證明，住院醫師像在廢墟上默默施工。沒人告訴他發生了什麼事。

你鼓起勇氣走進他的病房，才發現電腦斷層影像不足以描寫他。他不只是一個床號、一個疾病代碼，或總醫師口中千載難逢的「有趣」案例；他也是個慈祥的父親、善解人意的丈夫，和恪盡職守的員工。

他不想當鬥士，身體卻淪為戰場。你把他血液的酸鹼度和電解質暫拋腦後，牢記他的名字，痛快為他落淚。醫學系五年級生的第一份見習報告竟如此難產。

（《聯合報》副刊，二〇一三年二月四日）

最黑暗的時刻，見證恩典

我相信醫師有種特權，
無論見過多少混亂、挫折、汗水與淚水，
總會有一朵朵微笑，靜靜為他綻放——
在大病初癒的孩子嘴角，讓他見證最不可置信的恩典……

鬆開

關於死亡

任何臨床老兵都見識過「緩慢如鏽」的死亡。彷彿臨終病體內的邪惡自由基，一次氧化一個細胞般，緩緩凌遲。不是說就這幾天了？結果生命頑強多撐了數週，家屬與醫師一起警醒、困頓、等待，如凝視細砂穿過，瓶頸窄仄的巨大沙漏……

同樣使醫師驚訝、困惑、心神不寧的是病人無預警的死亡。剛進來時門還是好的呀（病人一個小時前還談笑風生呢！其實已來到死亡門前，只是醫師渾然不察）！正要安心離開，才發現手中的門把鬆開了，變得冰冷、怪異、沉重，找不到工具可以修它（要如何向家屬啟齒？）。

醫師詩人約翰史東痛恨向家屬宣告「壞消息」。面對一次嬰兒順利誕生、母親不幸過世的醫院場景，他有如下俳句般的告解：

我的白袍在角落等著
像個父親
我要穿上它去見她姐姐
寒冬中

穿著白色鞋子及
烏干紗洋裝的女子
沒有乳汁的丈夫
抱著嬰兒
我要告訴他們
他們會反覆組裝拆解
他們會發出嘈雜聲響
他們被截斷的神經會蜷縮
我脫下白袍
開車回家
更換廊上的電燈泡

史東試圖拆解一個醫師無從逃避、注定與病人一起粉身碎骨的引信。此時代表權威的醫師袍已經失效，穿著不得體的姐姐、抱著嬰兒的無助丈夫，一切慘白無血色。面對史東要說的話，沒有人是準備好的。事物再也無法組裝回原來的樣子，醫病只好一起哀鳴。

面對無從彌補的缺憾，「被截斷的神經會蜷縮」。醫師憤然脫下白袍，退回自己的庇護所，試圖從家常事務中找到一些東西可修，告訴自己明天仍要繼續。

關於失智的母親

史東的高齡母親因衰病侵犯而失能，必須安置在養老院（他戲稱寧靜花園）。母親記不起時間，甚至認不得他。史東頻頻探視，努力做母親的「人肉日曆」，看能否喚醒些什麼、減緩些什麼。

有一天媽媽望著他凝視許久，說：「你是誰？」史東說：「我是約翰呀！」。媽媽說：「我們認識多久了？」史東說：「您是我媽媽呀！」媽媽說：「哦老天！真失禮！把人家生下來應該記住他的名字才對啊！」

母親在安養院從沒閒著，總是努力計畫「新生活」——最主要就是戴著草帽和兒子靜坐，沉浸在庭院的暖陽中發呆。安養院的團康志工不定時入侵，史東和母親「勢單力孤」，抵擋不住大隊人馬的善意，「被迫」參與了種種團體活動。

在一次拼字遊戲中，常文不對題且為隊中最年長的母親，竟一再拼出艱澀冷僻的單字，眾皆讚歎。史東驚訝中難掩驕傲，以生動的筆調，記下母親難得如此清明流暢的時刻。一如人生之節慶。

史東的母子互動敘事詩像寒夜裡微小卻耀眼溫暖的亮光。我不惴淺陋，試譯兩首如下：

〈訪視〉（Visitation）

寧靜花園／被冬日環繞／母親的房間／對我而言太暖
對她卻剛好／她總多穿一件毛外套
外面紛紛擾擾／她的第九十三個年頭／十二月踉蹌來到
在裡面／託天之福，她安詳得很／號稱電子琴皇后／一切樂逍遙
我當今職責之首要／讓她在時光中歇腳／化身她的人肉日曆／作她索求過往的甬道
每次造訪／我們複習歲月／我們長坐閒聊／母親如此危脆／人子習焉不曉
下午我為她整理／屬於早逝父親的陳年舊照／她唯一的伴侶／終身的倚靠
我訴說父親的故事／一起研究相片／要她好好瞧一瞧
「您記得他吧？」我問道
母親再次掃描／「不，」她輕柔回答：「不記得了，」
「但這男生長得還真俊俏！」
她微哂，我苦笑／我們相擁而泣／暮色逐漸籠罩
我哭，為母親遺忘的美好

她哭，為人子憶起的前朝

〈星期四中午〉（Noon Thursday）

我「順道」來看媽媽／她正吃午餐呢／黃色毛衣閃著耀眼光芒
兩天前才看過她／現在我又坐在她桌旁／這次我真嚇著她了
一星期內的第二次／太早了我想
「你從哪兒出現的，怎麼突然冒出來？」／媽媽說
接著微笑問我：「這些年都做些什麼呀？」
我不知道該說什麼／這正是我一直問自己的問題啊！

史東忍住淚水：觀察，傾聽，闡釋。從尋常的造訪到不經意的閒聊，史東的詩婉轉而真摯，詼諧中有哀傷，告訴我們：母親暮年堅韌的生命力與不擇地而出的智慧，並未被失智困住。每個造訪過安養院母親的人子，都熟悉史東的切膚之痛。史東的詩像一道暖流撫慰他們的心靈。

（《中華日報》副刊，二〇一四年十月六日）

菸

大陸醫師吸菸比例頗高。

一位大陸胸腔科醫師朋友叼著菸對我說：有一回他碰上一個老菸槍病人咳嗽怎也治不好，他只好帶著他去找一位更高明的肺病權威名醫會診。

名醫豪邁地把片子夾到X光燈箱上，慢條斯理地端詳起來。

「來根菸吧！」名醫說。病人趕緊遞上幫他點著。

「看到這裡沒？還有這裡，這裡……」名醫信心滿滿指著病灶，像針尖般精準。重重吸了一口菸。尼古丁周遊全身血脈，心神格外鎮定。行動劃上休止符。

「八成是肺癌跑不掉。」他緩緩吐菸。煙霧在X光片前飄散，消失。

（《聯合報》副刊，二〇一四年十月二十四日）

診間札記

之一

你和你的名字一起被囚於門診表某個時段的方格裡。病人想抱怨，敵人要尋仇，你無所逃於天地之間。門診表把你的人生除以七，你被迫「週」而復始，高速運轉，邁向凋亡。偶爾你會凝視門診表上另一個方格裡的同類，想著如何開口要他讓你加號。

之二

各式醫院評鑑大行其道。診間的醫師護理師總是汲汲登載各種資料。求生守則第一條：「病歷沒記載的，等於沒發生。」儘管如此，我還是得在病歷無言的空白處，想像病人爭著要發言而不可得的真實人生。

之三

現實生活的對話：志在使對方印象深刻；總是想著等對方說完你要講些什麼；千方百計要駁倒對方論點。

診間的對話，病人的故事悲喜更迭，你的心靈頓時毫不設防，全然臣服為之感動。

之四

你不需要在病人一走進來，就知道診斷是什麼。你不是福爾摩斯，他也不是罪犯。診間最美麗的直覺是：病人無需開口，你也知道他受怎樣的苦。

之五

醫師和病人都該知道：看病不是交易或買賣，雖然許多時候它看起來就是（健保局把每樣處置都定了價碼）。所以千萬別向病人說：「找出毛病，我保證修好！」而要說：「找出毛病，讓我們一起面對！」傾聽和陪伴有時比「貨品」本身重要。

之六

朋友同時得了兩種癌症，醫師說要檢查才知道有沒有第三種。我想到〈論語為政〉：「知之為知之，不知為不知，是知也。」：知道的已經夠慘了。對於那些知道也不能怎樣的檢驗報告，暫時保持不知道，才是有智慧的表現。

之七

巧遇十年前診治過的病童，先天免疫不全，加上乳突炎，導致顏面神經麻痺，禍首是一隻很奇怪的綠膿桿菌。媽媽指著孩子傷疤，謝我如何參與孩子的掙扎苦煉，如何陪伴家人一起恐懼憂傷，眼中泛起淚光。

我全然忘記彼時風暴的細節，只記得他是寫病例報告的好題材。幸好我沒寫。

之八

拜醫學進步所賜，我們知道：人一出生就有黑暗勢力懸在空中，人生盡頭變得無比清晰，某些努力無足輕重，屬於幻想與夢境的動人空白越來越少。我們變得分外悠閒，卻沒心情及時行樂。

之九

醫師也寫計畫作研究——科學是論文「引用次數」加「影響係數」的總合，錙銖必較。在量化洪流中迅速渾濁衰老。只要走回診間認真多看一會兒病人，便會重新清新潔淨起來——前提是病人不能太多。

之十

醫學研究和看病似可並行，實則常常對立。

研究：追逐樣本的齊一性，看到偏離平均值太遠的異常數據，統計上稱之為「離群值」（outliers），總認為是弄錯了，欲剔之而後快。

看病：細看之下，每個病人都是「離群值」。

之十一

當醫師不全是壞事，學生時代的死黨，一一派上用場：年輕時，急診科醫師朋友幫我驗傷，精神科醫師朋友怕我跳樓；人老了，整形科醫師朋友幫我除去臉上皺紋，皮膚科醫師朋友幫我處理荒蕪的頭皮，泌尿科醫師朋友幫我……友誼即財富，價值與日俱增，我得寬籌窄用，以度餘生！

之十二

一個慢性病患告訴我：病情的交代，藥物的開立沒什麼兩樣。但是看星期三門診和星期五門診的醫師差很大。他說不出來為什麼，但星期五的醫師就是能讓他感到不那麼孤獨絕望。

克莉斯緹娜・羅塞蒂（ChristinaRossetti）的詩〈誰曾看見風〉（Who has seen the wind?）：

誰曾看見風？（Who has seen the wind?）
非你亦非我。（Neither you nor I.）
但當樹低頭，（But when the trees bow down their heads,）
便是風經過。（the wind is passing by.）

許多事我們看不見，病人卻能感受它的溫度，察覺它的存在。它「沛乎塞蒼冥」，拂動人心。醫療人文，此之謂也。

（《中華日報》副刊，二〇一三年八月十四日）

醫院關鍵語

電子病歷

病人與醫學之間唯一認證許可的語言。不久後，醫院將只剩沒有神經系統、不懂體恤悲憫的機器人隔空看診，醫病之間的真誠對話，將成珍罕的禮物。科技始終來自人性，再強大到泯滅它。

病情解釋

一種體貼的直覺，找出各種看似對立卻又並行不悖，連自己都騙得過的說法，要病人換個角度想。然後彼此的生命便可以從容地繼續。

積分證明

參與一場場醫學會演講堆疊起來的數字。我只想和醫學新知保持最起碼限度的接觸，卻不小心成為一個頑強的點數收集者。每當我排除萬難，百里迢迢趕赴會場，小姐告訴我點數已夠時，我生命像剎落一大塊般悵然起來。

會診

在醫院碰上疑難案例，急病人之難，只好「關說」比我高明的同儕醫師幫忙診治。令我感動的是：我才打完求救電話沒多久，同儕便立刻出現病人床邊，解病人和我於倒懸。我無以回報（沒有對價關係），只好認定他們和我一樣，喜歡看到病人大病初癒的微笑。

醫師的阿基里斯腱（Achilles' heel）

你其實不太害怕突如其來，素昧平生的病患死亡，怕的是那些死亡因你的診斷而啟動，倚重你信賴你的艱難生命。你一路陪著聽他談家人談事業談感情談喜歡的CD……你知道他的傷痕和夢想，卻只能眼睜睜看他一步步往生命盡頭走去，那很痛。

同理心

有一種醫學教育的方式，是要健康無虞的醫學生脫個精光，穿上病袍打著點滴，躺在冰冷病床住幾天院去領會病患感受。然而，刻意去「體驗」住院生活其實於事無補。很遺憾地，你得真的生場重病，充分生活其中、浸泡其中，才知道生病這件事如盤根錯節般繁複沈重。

國人平均餘命被醫學科技硬生生拉長，多出來的那一截，恐怕只是纏綿病榻的苟延殘喘罷了。

在符合醫師所斤斤計較：瞳孔對光無反應、心電圖水波不興等死亡官方判準之前，許多人早已遠離凡塵。

醫師休息室

只對勤勤懇懇杵在第一線的醫師開啟。經歷不曾闔眼的值班夜和暴烈襲來的ＣＰＲ後，你可以暫時離開戰場，找一個最舒適的姿勢坐著發呆，用寫著你名字的茶杯啜飲孤獨，讓睡意偷偷找上你。記住，只是暫時。

（《聯合報》副刊，二〇一四年六月四日）

兒醫隨筆

之一

十七歲高中生，從三歲起迄今到醫院兒科門診看了一百二十七次。除了零星急診外，絕大多數都是到我診間。他問我，滿十八歲還可不可以繼續掛我的號。

這些年每次造訪，我迅速綜合病徵，哪兒有狀況就幫他修修。不忘和雙親寒暄兩句，一點一滴分享了他們的生活。

孩子以令我驚喜又驚訝的速度成長茁壯，且知書達禮。

「林醫師，您怎麼一點都沒變？」他的語氣誠摯像老友的問候，加上十四年綿密的看診時光，很容易讓我安心地誤信此一恭維。

我好像可以地老天荒一直這樣看他下去。

之二

回到自家的門廊，突然想起查房時小病人哀哀無告的眼神——診斷還在五里霧中。我不禁怔怔自問：「能做的都做了嗎？」

這職業性懸念不定時發作，回家看到自己孩子時尤其顯著。老婆總能準確地預測：我晚上還會回醫院，確定病人一切都好。

之三

門診額滿，現場加號的理由與時俱進：

「我的小孩以前都是你看的，請幫他加號。」

「我小時候是你的病人，請幫我加號。」

「我的女兒小時候是你的病人，請幫我外孫女加號。」

之四

身為兒科醫師，面對困難的醫療決定，有時病童雙親會問我：「林醫師，如果是您小孩，您會怎麼做？」

此時雙親要的不是一長串的選擇目錄。他們在對我傳遞信任，尋求一個溫暖的導引。我必須卸下白袍以做爸爸的身分在心中模擬，坦誠以告。

這事兒我慶幸自己有三個小孩，能將心比心。

之五

那孩子在門診追蹤許久，不愛說話。有一回，從她媽媽的皮夾裡掉出一張「新北市醫療補助證」。我多問了幾句，這才知道她來自單親家庭。父母離異，她被迫在爸爸媽媽之間「選邊站」。她兩個都要不想選。

困在那難以理解的傷痛時光，所以出奇地靜。

（《中華日報》副刊，二〇一四年十一月四日）

笑談小兒科

小兒科和內科有什麼不同？

小兒科病人年齡不同，疾病種類也不同。除此之外，孩子來到診間會出現成人門診絕不會發生的情境。

才量完身高體重就跟媽媽說：「我們可以回去了嗎？」

進門就大哭，媽媽安撫他：「乖，給醫師爺爺看看！」

看到任何診療桌上或掛在牆上的物件都會問：「這是做什麼用的？」聽診器、眼底鏡、耳鏡、血壓計、橡皮錘等都是他想據為己有的玩具。

向我要兩根壓舌棒，說一根要給弟弟，抽的時候把整桶都打翻。

在診間四處跑動，東摸西碰，推倒垃圾桶，打開水龍頭……媽媽大聲斥喝，但收效甚微。媽媽通常會接著說：「回去叫爸爸好好修理你！」

檢查喉嚨叫他主動伸出舌頭說「啊」比登天還難。打針前跟媽媽說要先上廁所（已經上五次了），打針時總能找到最關鍵時刻冷不防猛踹。

看完診破涕為笑，本來視我如寇讎，現在樂於和我說再見。並不忘提醒媽媽要去麥當勞。

孩子住院時，兒科醫師使用的招數與內科醫師也不同——

「虛張聲勢」：檢查肚子說我摸到你剛吃的蛋糕。

「言不由衷」：抽血明明很痛，說像蚊子叮一下。

「連哄帶騙」：做心電圖大人只要五分鐘，孩子三十分鐘也搞不定。

「訴諸武力」：好話說盡只好來硬的……

「腹背受敵」：孩子在眼前啼哭，媽媽在耳邊抱怨。

「心猿意馬」：看著孩子，想著待會兒要怎麼跟媽媽說。

「語焉不詳」：反正就是某種病毒感染。

「聽天由命」：很多時候對孩子最好的治療就是觀察。

如果要我列出一生的奇蹟，那麼住院病童大病初癒時的微笑名列前茅：孩子有活力了，不怕生與我玩開了。從媽媽懷抱掙脫出來，直接爬到我腿上，要給醫師爺爺抱抱。

當我俯下身看他，他望著我的眼睛，對著我的臉，咯咯笑了起來。這樣一來，那些通宵不眠的值班夜，那些尖叫、啼哭、混亂和焦慮——頓時都變成了值得。

（《中華日報》副刊，二〇一五年二月三日）

交班紀錄與信

住院醫師時我像候鳥，以月為週期轉戰各單位。

在離開兒童加護病房的最後一天，我必須寫下交班紀錄，向下個月的「繼任者」交代：手上病人的病程、目前處理的概況，懸而未決的問題……

還有一個項目有點怪：「可衡量的治療目標」。

有個孩子讓我來到這兒第一天就呼吸沉重。剛住院時只是發著燒，還活蹦亂跳呢。怎料幾經檢查治療，突然就變壞，轉來到這兒，就再也沒醒來了。

孩子得的是怎樣的怪病？竟每天都有一群醫生圍著他。我報告病史，總醫師搜尋文獻，主治醫師發表議論……

可是孩子生命徵象依然不穩，救好了肺又壞了肝。面對每次的危象。我們做更激進的處置，開更高階的檢查，把他穩定在一個每下愈況的平衡點上。有幾次連我都覺得絕望，孩子似乎要走了，結果峰迴路轉。我們硬是把他攔在死神面前，他又「變好」了。

他是完美的教學案例。一陣烽火過後，我長知識了，技能成熟了，更有經驗了。我不驚不懼，在他身上置放更多的管線。一個月下來，孩子依然沉睡。我還是找不出可以讓孩子悠然甦醒的神奇元素……

我另外想附上一封信給「繼任者」：

歡迎你來。看完我寫的一長串治療計畫，你嚇了一跳吧！往好處想，從實驗室的數據來看，孩子或可再撐另一個三十天，繼續出現在下一次你卸任的交班紀錄裡。

哦。我忘了告訴你。孩子的父母親是加護病房的「常客」。探病時間一到，當小兒加護病房的金屬自動門打開，他們總是第一個闖進。他們熟到可以用護理師的小名和她們打招呼。

他們不用問任何人，眼神空洞，快速到孩子的床位。他們握住他的手，輕撫他的額頭，拭去臉上的血水……

我剛來到這裡時，感覺自己像是客人，他們才是主人，這是他們的家。我向他們介紹我自己。這儀式，對他們並不陌生。在我之前已經有很多醫師來看過，也這麼做過。

他們不像上面一般病房，我所看過的氣喘病童或患細支氣管炎的嬰兒家長。他們不奢望我治好他們的兒子。孩子沒有醒來，我只能說些安慰的話。如果你也束手無策，希望你能說點別的。

最近，父母親把孩子健康的哥哥帶到床邊，讓他和弟弟說說話。他們原本猶豫：哥哥年紀不夠大，不敢讓他看到疾病兇殘的原貌。

但他們意識到時間已經不多，下定決心要來幾次全家人的團聚。

當我看到他們緊緊靠在一起，我別過頭，偷偷拭淚。希望你不要像我一樣狼狽。關於孩子「可衡量的治療目標」部份，我到現在還想不出要寫什麼，就麻煩你代勞了。另外，我也不知道該祝福這孩子什麼。好像我們做的，看似英雄式的舉措，只是延長他的磨難。

謝謝你的後續照顧。

祝你工作愉快，安全下莊。

（《中華日報》副刊，二〇一五年三月十九日）

臨床老師的日常生活

教學門診

我在醫院診治病人，並教導醫學生如何看病。隨著電子病歷的風行，我停留在電腦螢幕前的時間已經長到超過凝視病人的求助，還要把眼神分給渴望求知解惑的醫學生。

他們納悶為何我向病人解釋了二十分鐘病情，卻只開一種藥。他們越來越相信醫學就是「科學」。我悲觀靜待「機器人醫師」的問世。說不定，日後醫科會併入理工組了。

論文寫作

上「醫學論文寫作」課，醫學生的作業是分析某種病的致死率及其危險因子。用疾病代碼加上關鍵字「病歿」作交集搜尋，電腦便會跑出來一本本又厚又重的病歷。只需掃描其中十分之一的欄位，找到研究所需的數據，論文就呼之欲出了。

眼角餘光不免窺到：病人各自曲折的旅程、家屬的不捨、醫師的挫敗……有心的學生最後欲罷不能，把每本病歷都從頭到尾看完。每闔上一本病歷就是一個生命的消逝、一個家庭的傷痛，和一聲嘆息。

時間的概念

在病房聽到兩位醫學生的對話：其中一位說了些新見解。另一位說：「我聽不懂你在講什麼耶。看來我得加緊腳步了，我好像還活在民國一〇三年！」語氣頗為自責。

我喜歡學生席不暇暖的進取，這階段的人生是得隴望蜀的。不像我現在越來越渴望能「慢步」時間，我倒想大喊：「我好想還活在民國一〇三年！」

關於考試

考試時我常出配合題：將右邊的A、B、C、D、E等症狀，與左邊一、二、三、四、五病名相符的答案作配對。通常是一對一簡單明確，學生有印象就能答對。

他們不知道人生的配合題恐怖多了，將右邊的病名與左邊的人名作配對，禍不單行隨隨便便就連得起來。斯人斯疾，有些答案怎麼也想不到。

關於評比

我發現給A學生寫推薦函時，同一封信改幾個字B學生也能用。為醫學生打面試成績時，我也犯「形容詞匱乏之症」，不知如何適切表達分數背後代表的準確感覺。

為使學員表現恰如其「分」，讓「凱撒的歸凱撒」，我自訂了如下成績量表——

九十九分：超凡入聖，九十五分：光芒耀眼；
九十分：多才多藝，八十五分：偶有佳作；
八十分：均線以上，七十五分：親切誠懇；
七十分：不違如愚，六十五分：穿著得體，六十分：含苞待放。

更與何人說

記得自己當醫學生聽教授講述他當年如何如何時，我總聽得幽然神往。病房迴診時，我對見習醫師、實習醫師、住院醫師們稍稍吹噓一下我在醫院看過的、置身其中過的、甚少故值得收藏的「英勇」事蹟時，他們不是昏昏欲睡，就是藉故遁逃。不知好歹的新世代逕自向前去了。聆聽者在消逝中。

智慧型手機

病房巡診時我問住院醫某種疾病的最新療法及其成效。我不強人所難，要他明天告訴我答案。不料還沒查完房，他在手機上滑一滑，幾分鐘內最即時的研究結論躍然掌上，振振有詞侃侃而談，有些我聽都沒聽過呢！

再也回不去那個可以電人而後快的，尊師重道的年代。我嘴硬兼雞婆地建議他把每篇研究印下來徹頭徹尾讀一遍，把細節處作一番尋訪、揀擇、提煉。我告訴年輕的他：「你明天的答案會很不一樣。」

臨床實習簡介

明天要和下個月跟我的實習醫師見面。他上星期就打電話問我：要讀什麼書？第一天要做什麼？他該期待什麼？

我不敢告訴他：我只想和他散個步，喝杯茶，問他會不會打桌球，告訴他一些確確實實的生命經驗和記憶，然後偶爾在談話中摻點「醫學」當點綴。

（《中華日報》副刊，二〇一五年五月十八日）

痛

診間面對病人，我總是難以想像，病人怎麼個痛法？到底有多痛？

桌上擺著一張「疼痛評估量表」，上面畫著些卡通臉譜，從微笑、嘴角下沉、蹙額、皺眉到嚎啕大哭，代表從一到五分的疼痛強度。如果病人能指著圖表訴說有多痛、痛在哪裡、怎樣比較不痛，通常還好。

最糟糕的痛，說不出口。

心肌梗塞，像「一隻黑猩猩壓在胸膛上」；蜘蛛膜下出血像「腦袋裡有顆炸彈被引爆了」；氣喘發作時一呼一吸像「鐵工抽送鼓風爐般」……

病人的痛如此獨特，每個都以切身經歷，努力尋找「隱喻」形容，像是要抗議我用病理之應然來統一解釋。

世間還有什麼更難忍之苦？難堪之境？他們眼神若有所思：彷彿「痛」是一種啟發，一種救贖，可以尋得某種人生意義。我有點羨慕起這樣的「歷練」。

直到幾年前自己動了一次胸腔手術。

醫師說得雲淡風輕。術後我住進加護病房，左側胸壁被縫出一道二十公分的傷口，身上時多了氣管內管、動脈導管、胸管、導尿管等——我曾例行公事般對病人使用過的「刑具」，現在「還治其人之身」。

終於經歷生平第一次「無語問蒼天」的痛：半夜麻藥效力褪去，傷口宛如被利刃切割，神經裸露發狂放電。我從昏睡中驚醒，在床上無助蠕動。

痛是身體自保的警訊，不宜輕易抑遏。我原想忍忍看，咬著牙、手緊抓床單，百思不解：如蛛絲細微的感覺神經元，怎能釋放出如此強烈的疼痛因子？這痛持續增幅，強大到摧毀我的男子氣概，把我降級到只剩動物本能，屈服於原始的生物反射。

我想起當年實習醫師輪值病房，半夜從值班室就聽得見的，癌末病人淒厲的咆哮聲。他說他不怕死，但他怕痛。

我冷汗直流，幾乎就要暈厥。我顧不得形象，按鈴哀求護理師給我止痛。說也神奇，藥物注入靜脈不久，痛還在那兒，但我身體似可與它隔離，飄然遠引。我變得可以看穿它、遺忘它，不再受制於它。止痛劑像及時雨，像兩出局滿壘時來的三振，局面變成可以處理。掙脫困境的幸福感至為珍貴。

一週的住院旅程，我不再逞強，遵守醫囑，大大減少了疾病帶來的不適，思維得以正常運行，療傷的身體有了片刻的喘息。

於是我知道：痛就是痛，不是別的。忍痛不會淨化心靈，使人高貴或變得強壯。承認「痛」去面對它、解決它是明智的決定，不是懦弱的表現。

痛是老師，它使我謙卑，使我更好奇病人各式各樣說得出與說不出口的痛。看診時勸病人：別充硬漢，該止痛就要止痛。

（《中華日報》副刊，二〇一五年七月十二日）

耐煩

醫院像個大迷宮，被病家問路是我在醫院生活的一部分。

「你要去的地方在十一點鐘方向。」年輕時我常覺不耐煩，用三言兩語「遙指」打發，心想這與我的專業無關。

後來自己成了病人。病情不輕，得進開刀房。術前門診，主治醫師指著看片箱上的X光影像對我說：「就從這裡開進去，路上避開些有的沒的，到了挖進去清一清，能拿的就拿乾淨……」

「你看這裡，還有這裡，血管很多，看得到的盡量幫你綁掉，還是有碰過大出血的，血會備夠。」他話不多，語氣不太耐煩，沒讓我多問。我有生死未卜之感。

術後我安然醒來，胸中大患已除。我感謝我的主治醫師——他在開刀房屬於他一個人的天地時，想必很「耐煩」地仔細開路、善待我的臟器。

病癒回醫院上班，再遇到問路的病家，我回答的句子變多了：「順著這長廊走到底，角落您會看到一個抽血櫃檯，向左轉走個三十公尺，入院登記處就在眼前，這時往右轉再走五十公尺，再左轉會看到一個電梯，您要去的地方在五樓……」

慢慢發現原來自己這行就是接受各種叩問和探詢的容器，離不開面對人間各種猶疑的生命當頭。在診間裡看病和在診間外被問路，又有何差別？

我變耐煩了。越來越覺得自己是無行業之人，在醫院行走成為一種愉悅。我熱切迎接下一個向我走來看似要問路之人。

「醫師，我看完病繳完醫藥費才發現沒錢回家，可不可以給我幾百塊當車馬費？」

（《聯合報》副刊，二〇一五年七月二十三日）

語言癌

替病人尋求診斷的兩週旅程，醫師向病人解釋一件連自己都永遠不會知道答案的事情：

「你這症狀『或許』是更嚴重的病也說不定。」

「做電腦斷層才『可能』弄清楚病灶的模樣。」

「接下來我們要安排支氣管鏡順便做個切片，『大概』就會比較明朗了。」

「切片『差點』就成功了，看來只好用手術來取樣本了。」

「腫瘤已經侵犯到胸壁，開刀『應該』不難。」

「拿乾淨的話，預後『通常』不錯。」

他總是無法用三乘以三等於九那樣確定的口吻告訴病人渴求的答案，給他一個痛快。

他知道：醫學不是數學，邏輯經常碰壁。無常是這遊戲的名字。

他染上一種強迫症，一種句子裡一定要摻點推測性副詞的「語言癌」。

（《聯合報》副刊，二〇一五年八月二十日）

另一種視角

我長年在總院上班，行走路線總是不偏不倚。開車時與住院醫師討論病情，時常忘了窗外流動的城市。

換道、轉彎、上高架橋、下交流道，避開擁擠的車潮……單靠下意識的反射，車子已經停妥在醫院地下室員工停車場。

接下來的腳步也依循「自動導航」系統：刷卡、看走廊上的布告欄、與路上的醫師同儕互道早安；一切水波不興，渾然不覺中已來到診間。

我的診間坐落在建築物深處，沒有窗可以一探外面的世界。病患說他塞了一小時車才到，我完全無感。看到病患攜帶雨具走進診間，我才知道外面下雨了。

看診的對話大致制式而簡潔，病人魚貫而入，又魚貫而出。我沉浸在自己的節奏，無暇凝視他們的內心世界。

直至奉派到分院看診，車子停在一般民眾的停車場。我看到前所未見的光景，使我心神不寧：一個媽媽心急孩子發高燒，一邊講手機，一邊倒車；一個爸爸對車上的孩子怒吼，打開車門，深吸幾口菸後，猛啐幾口，菸頭丟地上用腳用力踩熄；一個兒子與看護合力從車後座將中風的父親扛起，緩緩移行，勉強塞進輪椅……

有一次，我停好車走沒兩步，聽到男女激烈的爭吵聲。遠遠望去，男的揮臂作勢要打，女的則頻頻拭淚。一、兩歲的小孩在旁不斷啼哭，我走近定睛一看，竟是我門診長期追蹤的病童，預約好今天要來回診。

我本想出面制止，所幸紛爭很快平息，或許只是偶發口角，他們沒認出我。

輪到他們看診，我心想照往常看病開藥便是。可是孩子以無辜的雙眸望我，我無法假裝沒看到停車場那一幕。

「近來可好？」

看完診，我不由自主和父母親多聊兩句，詢問生活起居與工作狀況，並叮嚀他們家庭和樂的氛圍對孩子成長的重要。

他們一定覺得今天醫生有點反常。

分院停車場的所見所聞，使我感到羞愧而渺小。往後，我要更關注診間每個欲言又止的的臉孔，給他們多一點時間，多一點探問。

（《中華日報》副刊，二〇一五年九月三日）

你的苦，我知道

偶爾，診間電腦的小小當機空檔，
讓病人能細訴病痛與焦慮，一如滔滔江水。
醫師趁此走出象牙塔，與病人產生連結，
拾起病人因病而中斷的人生規律，
聆聽、撫慰，將心比心，病人竟像領到藥般輕快欣喜……

微笑

一位八十二歲的老婦人，因突發意識障礙住院，這是她今年的第五次，研判是二度中風所致。

她的先生大她兩歲。結婚快六十年，退休後兩老手攜手每三個月一次到門診追蹤，確定一切衰退在歲數允許的範圍內。

他是她門診的發言人。當她向醫師說還好時，他急忙補充更正：事情比她說的嚴重多了，為她的症狀和醫師展開冗長的爭辯。她事不關己似的，冷靜看著一切集中在她身上的討論。

她兩年前中風後，身體就大不如前了。她中風他也跟著迷失。一切都得重組，這年紀不容易。她的眼神逐漸空洞，慢慢無法走動。話越來越少，說出口的大多毫無意義。一開始他難免被她激怒，後來發現應和她比糾正她容易，就隨她說了。她高興就好。

聽醫師建議找過幾家安養中心，每次造訪後他便充滿愧疚：怎麼可能把她放在那裡？他身體還算硬朗，現在正是她最需要他的時候，他不能把她丟給陌生人。

他當起了全天候的看護。拍痰、翻身、睡眠、營養、水分、大小便……慢慢熟悉一些他原以為女人才會的差事。累是累，忙了一整天看她安穩睡著，他心裡滿是安慰。

兒女們沒人過問他做些什麼，卻一致認為媽媽放在安養中心比在家裡好。醫療設備或許如此，但愛呢？有人真正在乎她嗎？他照顧可能不盡周全，但他把這事看成一個志業，一種不懈的責任。

他學習烹飪時，總會想起這些年她默默替他煮飯的身影；推著輪椅帶她外出，總會想起公園樹下的那條長椅……當年他就坐在上面向她告白，她的嘴角牽起一抹微笑，甜美中有不安，像在探問他是否可以倚靠……

這半年她的精神、食慾、力氣加速傾頹。時常發高燒神智不清。他懷疑：這是人生的自然流程嗎？他做的一切對她最好嗎？慌亂無助中他只能叫一一九。被送上救護車時，她眼神驚恐，百般不情願。醫院到哪兒都陰暗沉重。她喜歡陽光，他為她爭取到靠窗的床位，可是在病房她只盯著天花板看。

這回她昏迷住院，他也累出病來。在家休息三天，請了看護照顧她。醫師說她病情好轉。他滿心期待回來探視時，她望著他卻什麼也沒看見，沒有露出任何欣喜的表情，幾乎不認得他。

他堅持帶她回家。

一個春日清晨，萬物逐漸甦醒，她和他肩並肩望著窗外的花園。微風輕拂綠葉，鳥鳴婉轉動人。她突然轉過頭來，送給了他一個久違的微笑。這微笑那麼熟悉、那麼溫暖，她一輩子的好都濃縮在裡面了。

他紅了眼眶，沉醉在這神奇的一刻。

這是她最後一個微笑。他活著的每一天都記得。

（《聯合報》副刊，二〇一五年十一月二日）

安寧

他是安寧病房醫師。

他每天做的，就是要「醫治」那些被宣判病沒得救了的人。

這是醫學院也無言以對的一塊，病人很難接受自己為何要到這裡。他一看到病人，原來準備好的台詞，要說出口也同樣困難。他總是即興演出，等待被震驚。

看到螢幕上李先生的影像就足以讓他無法假裝「安寧」。他癌症已轉移，肝臟塞滿結節，有些已越界散布到腹膜，腹水在堆積中。

腫瘤不再是目標，治癒已不是考量。他翻遍處方集，一個藥也開不出。像被卸了一身醫學武功，卻誤闖最險峻的江湖。

這兩天李先生神智逐漸錯亂，純氧氣罩下依然前胸貼後背狂喘。電腦斷層顯示：雙側肺部有擴大中的血塊。病情急轉直下。

該不該用抗凝血劑？說好不插管急救的。但其他生命徵候還是得盡力治療吧？這時他分裂成兩半：教科書的自己和內心深處的自己。交戰開始。

教科書的自己說：不用的話，很快就會呼吸衰竭，用了血塊會溶解，情況會好轉。至少實驗室數據會漂亮些。

內心深處的自己說：用了可能增加出血的危險，即使有效只是增加併發症，延長苦痛，這不是病人要的。

李先生是傳統家庭的權威老爸。平常很少說話。生病了唯一的兒子陪他忙前忙後，卻從來不知老爸的感情與心事。前些日子，他化身為一個容器，聽李先生故事一個接一個，講述他有點複雜的一生，靜靜吸納他的夢想和恐懼。

他只能看著李先生的病況變壞。有一次查房時李先生將兒子支開，對著他耳邊說：「醫師，我好愛我這兒子。真捨不得離開他！」問他有沒有什麼想望。李先生說：「好想來根菸，喝杯生啤酒。」雖然他什麼也吃不下。

昏迷辭世前，語言始終沒有成為他表達父愛的工具。他把李先生的話轉達給他兒子，兒子淚流滿面。他也是。

這些年，在這「安寧」病房，不知有多少像李先生這樣的病人相繼在他照護下逝世。劇本從一開始，盡頭的模樣就寫得清清楚楚。不吵不鬧，看似「安寧」，實則每個病例都以獨特的方式震撼他，讓他輾轉反側，陷入情緒的渦流。經驗從沒讓這一切變容易。

李先生走得很快，沒有歷經太多無謂的煎熬。夜深人靜醒來，他看到李先生躺在天堂某處沙灘涼椅上，全然清醒，不需氧氣，悠閒叼著菸，大口痛飲生啤酒，微笑望著他。

他感到片刻「安寧」，突然知道自己該治療什麼：當病人的命救不起來，他的任務是拯救一個較好的死亡。

他深吸一口氣，掀開帷幕，勇敢面對下一個病人。

（《聯合報》副刊，二〇一五年十一月二十六日）

診間之內看病之外

之一

原本都是爸媽一起帶孩子來看病的，最近只剩爸爸一人。我不經意問了一下，原來媽媽因乳癌不敵病魔走了。孩子笑容依然燦爛，在診間爬上爬下。爸爸雙眼無神，盯著空無一物的角落發呆。

我能做的不多。或許他需要一個人，聽他把故事反覆訴說，直到他理解這世界到底怎麼了。

但我的時間不允許。

我在電腦螢幕上胡亂打些字，然後眼神與他重新交會，停留片刻。

最後我說：「你一定很想念她吧？」

之二

在我門診長期追蹤的病童，有些領有殘障手冊。

他們所經歷的慢性苦楚，大人都不見得承受得住，何況是小朋友？

一位腦性麻痺病童回診。媽媽說：「吃您的藥，他睡得著，好多了！」

孩子肢體攣縮、步態不穩、嘴角流涎、不能言語。明明看起來不太好呀！

一陣難捱的靜默。

我有幸向這些堅毅的生命學習「人間相對論」。他們教我謙卑知足。

之三

流感猖獗，門診病患稍多，我常聽到媽媽輕斥小孩：「該走了。醫師還很多病人要看呢！」有家屬看我疲累。說：「林醫師，你最近瘦很多，要不要去檢查一下血糖？」一位重症洗腎的父親：「林醫師，你有空也要帶妻兒去好好旅行一下。」

我見證他們的苦。他們也見證我的。

在兵馬倥傯的診間，這些話語細如碎片，卻形成一種溫暖的連結，使我免於例行公事的惡性麻木。找到愉悅、寧靜，和愛。

之四

一個中年婦人帶著一個大二女生到我的門診，要求詳細檢查她的過敏體質。

這女孩氣質出眾，一副不承認自己有病的樣子。

「奇怪，每次她到我家就鼻涕連連、渾身發癢，好像一刻也待不住。」婦人說。

原來病患是婦人兒子的女朋友，她兒子小時候過敏是看我看好的。是急於將女孩娶進門的準婆婆心情吧！

我一邊開單，一邊擔心病患會不會對男朋友的媽媽「過敏」。

之五

幾天前我經過兒科急診，當班的李醫師得了嚴重喉炎。病患仍如潮水般湧進。

他戴著口罩，桌上放一張紙牌，上頭寫著：「本人因感冒失聲。話無法多說，請原諒。」

只見他比手畫腳，點頭示意，不足之處再輔以書寫。倒也相安無事。

隔天我和李醫師一樣喉嚨痛得說不出話。

看門診時我如法炮製，告訴病人：醫師今天只聽不說。

一位小病患的媽媽，開始向我介紹她的居家生活、孩子的學業、她的教育觀……暢所欲言，花了十五分鐘還沒提到孩子的症狀！

我無力打斷。只能以無助眼神望她。

她離開門診時面帶微笑，顯然心情極好。她可能認為這是看我門診以來最滿意的一次了。

說也神奇，聽媽媽一番話，小病人也因而進駐我心。

（《中華日報》副刊，二〇一六年五月三十一日）

老人醫學

二十多年的老友是「老人醫學」專科醫師。他在山間有個房子。他邀我上山話家常。山路蜿蜒而上，永遠到不了似的。

我還在為一位不幸逝去的病童哀傷。他告訴我：不管他再努力，長期看來，在他手上診治的老年病人，死亡率是百分之百（他真會安慰人）。

初診時，他總是給老人一個微笑，伸手向老人致意，算是歡迎加入「會員」的儀式吧。

老人那雙手佈滿皺紋卻遒勁有力，幾乎握痛了他。嗯，一切看起來還好。

他定期追蹤，和老人的互動歷程是緩慢的。像陶淵明說的：「初極狹，纔通人。」有時難免被老人古怪的堅持激怒。他逐漸知道，只要耐住性子，細細傾聽，通常「復行數十里，豁然開朗」。

老人話變多了。每回會透露點「新」的過去，帶一些陳年的相片，展示他們的豐功偉績。「會員」慢慢升格為「老客戶」：外交官、老師、總裁、工匠、平民老百姓……各自都有故事要說，迫不及待要回診。

老人緩緩倒帶，歲月把記憶的毛邊都削掉，他聽到的多半是人生的美好，不自覺多一些殷勤的探問，一點一滴喜歡上他們，就這樣「與子偕老」。每個都變成了ＶＩＰ。

他的房子居高臨下。朝暉夕陰，景觀極佳。他遠眺窗外，指著山間的一條溪流對我說：「熹微晨光映照的某刻，它會突然甦醒，河面發光的小渦流像成千上萬的蜉蝣飛舞其上。那是人間至美的圖像。可惜不久渦流旋即消散，正如蜉蝣的生命活不過一天。一切重回寂靜。」

遲來卻避不了。老人總有某次的造訪，會讓他感到不祥：一次跌跤，一個不以為意的症狀，一抹X光片裡的小小陰影……

然後不知怎地，就再也好不起來。他知道是時候了。他們盡頭的模樣清清楚楚。

老人依然回診，只是伸出來的手虛弱而顫抖，他觸摸到老人的挫敗、孤寂與失落。

疾病已超過他能緩解的階段。不久老人便會消失在預約看診的名單中。

這時，他會脫下白袍、逃離診間，在公路上疾馳，撤退回到這房子，擦拭沉積已久的灰塵，開始找起東西來「修」，水管、濾芯、電燈泡都好……

然後打開窗戶，凝視那條溪流。

（《中華日報》副刊，二〇一五年十二月二十五日）

隱形課程

門診有對夫婦長期一起帶著小孩來看病，從三歲看到十三歲。

有一天爸爸沒有出現。媽媽告訴我，他主動脈破裂。死時不到五十歲。

這位爸爸魁梧高大，正直而勤奮，好議論，喜歡針砭時事，和我分享許多智識。他善解人意，孩子治療狀況不盡理想，他從未抱怨或指責我。

看媽媽對我多問兩句，他總是說：「我們趕快走，後面病人還很多，醫生假日還要出來看診，很辛苦呢。」

這樣的爸爸，竟然說走就走。我不知怎麼安慰媽媽，只好說，他自己也不知道被什麼擊倒，走得很快，某種程度是一種福份。想起自己的一些朋友也是這樣走的。因為知道自己將死於什麼，是一種極難捱的試煉。即使是死前幾週、幾天，或幾個小時。

但說完後，我又覺得自己失言。因為這樣的走法，家人是措手不及的吧。

後來媽媽還是經常帶孩子來看診。

媽媽經常在診間掉淚，念國中的孩子變得退縮、消沈，很久走不出來。

他的離去一定給他們留下一個永難彌補的傷口。他們一定每天都在想他。

那位媽媽堅強而獨立。她常告訴我：想著如果爸爸還在，日子會有多不一樣。

一張證照不足以讓我完全明瞭如何看病。長期觀察病家的生活經驗，是醫生畢業後繼續教育必修的「隱形課程」。藉由傾聽這家人，我學到很多。進入病人的生活，而非只旁觀他的症狀，讓我成為一個較好的醫生。

我常想到那位爸爸，和身邊遽然而逝的朋友，想著想著就淚眼迷濛。他們提醒我：人生短促無常，要珍惜每一份真心的人際互動。包括我的病人。

前瞻的勇氣

四個月前的某個星期四，下午六時許，我正要離開醫院，手機出現來自檢驗室的簡訊。那是三天前，一位門診病患的免疫球蛋白報告。病患血清裡的三種重要免疫球蛋白——IgG、IgA、IgM都測不到。

那不只是不正常而已，那叫恐慌值。不是第一次了，醫院的通報系統從不停止讓醫師陷入恐慌。她二十六歲，餐飲業的店長，常值大夜，清秀而勤奮，主訴是咳嗽從沒好過，我從她的語氣聽出絕望。她的同事說我很會看咳嗽，把兒子的咳嗽看好了，她姑且前來一試。

病患曾在成人科看過許多次，被懷疑過肺結核，長年吃抗生素但效果不彰。六年前肺部電腦斷層顯示支氣管擴張，我幫她做了免疫力的檢查。

我想起多年前某個病人有類似的檢驗結果，我知道，這樣的病人隨時會「路倒」，要活在「無菌室」才安全。

檢驗室組長也隨即打電話給我，說他們把檢體做了兩次，還是如此。「不能等到預約時間才回來，」我心想，她最好儘快接受靜脈注射免疫球蛋白治療。我撥了病患留下的手機號碼，是空號；我調了電子病歷，上頭的電話全試了，無一接通。

病人排了X光檢查，或許同意書上會留點什麼；但放射科人員已下班。打到病歷室要紙本病歷，結果舊病歷存放在醫護社區，明早才能拿到。同事說：「已盡到通知責任，留下通聯紀錄就好了。回家吧！」我覺得不夠。我現在做的，可能可以改變她的生命。病患唯一留下可聯絡的線索，就是註記在電子病歷首頁的住址「林口區某某里某鄰某號」。

我看了一下Google Map，離醫院不遠，約四・七公里，我決定開車前去一探究竟。沿忠孝路一直往前開，路像樹枝越分岔越小，路燈稀少，沿路盡是廢棄的工廠、鐵皮屋、墓地……最後道路寬度只能容一輛車通行。

「向右轉，」Google的領航員聲音依然自信：「繼續前行一百公尺。」

突然，三、四條野狗從路邊竄出，追逐狂吠。我環顧四周，還是找不到一戶像住家的建築物。月黑風高，前無去路，後有追兵。我感到沮喪、猶疑、無助……

在稍遠處，下一個分岔點，我隱約看到某某里的路標。但路已窄到我不敢再往前開，我頹然折返。最後我回醫院，在網路上找到里長辦公室的電話。我撥給了里長，他說他不確定有這一戶，他現在要去接小孩；答應幫我找，但沒有下文。

隔天早上，我在病患紙本病歷的某張轉診單上，尋得一個可疑的門號。我打過去。許久許久皆無人接聽，我已不抱希望。終於，令人振奮的低沉嗓音響起，是她本人，聽起來睡眼惺忪。她說她沒事，沒事就好，真的！沒事就好。她隨即住院，看著溫熱的免疫球蛋白從她的靜脈緩緩注入，她說沒什麼感覺，我感到如釋重負。

免疫功能評估出爐，病人的診斷是「尋常多樣性免疫缺損症」。李文益主任為她做了全套基因檢查；鍾宏濤醫師為她做了完整的心肺功能評估；賴申豪醫師為她進行「咳嗽機」治療，開了吸入型的gentamycin[4]，加強胸部護理，希望把不可逆的肺部傷害減到最低。

那我呢？我要做什麼？我打算找個晴朗的大白天，開著車，把上次沒有到達目的地的路，重新探尋一遍。重溫那段實實在在、刻骨銘心的旅程。

她需要每三到四星期打靜脈注射免疫球蛋白，加上廣效型的抗生素及抗黴菌治療；希望只是暫時，但也可能終身。她這一路上，可能還有無數待克服的障礙、要忍受的嚴峻考驗等著她。我們不知道她會走向何方，但我們會陪著她，一起仰望天上星辰，找到前瞻的勇氣。

（《兒科最前線》，二〇一七年十二月十八日）

4 一種抗生素。

陪伴

一個兩歲多的小女孩因高燒不退和我在醫院奮戰了兩週。出院後門診追蹤，小女孩告訴我她念什麼班、好朋友是誰、晚上睡覺時抱什麼寵物、聽什麼故事才睡得著。

後來她又發生幾次不明就理的念珠菌感染，我把她的免疫系統翻來覆去地反覆檢查，終於確定她沒事。

有一次我做完所有儀式，拿了貼紙，甚至翻遍抽屜把所有小玩具都給了這小女孩，她卻仍安坐在椅子上，紋風不動，一點都沒有要離開的意思。

我還陪她不夠久。對她說的話還不夠多。

媽媽連忙道歉，費了九牛二虎之力才把小女孩拖出診間。

她這麼小就知道，「陪伴」是醫師所能給病人最好的禮物。

一張血液抹片

這位一歲多的小朋友來醫院住院時已經燒了一個禮拜，外院疑病毒感染。病懨懨的，不吃東西，輕微腹瀉。

隔天深夜我收到一封簡訊，醫院細菌室說他血液長了格蘭氏陰性桿菌。我睡不著，跑去看他，並叮囑值班醫師，加上第三代抗生素。

過兩天知道是沙門氏菌血症，燒逐漸褪去。但追蹤血球計數發現，輕微貧血（Hb8.6）持續。我告訴媽媽，意外發現孩子有貧血。大概是缺鐵性貧血或者地中海貧血，因為菌血症而更低了些。媽媽突然說她自己有一次「急性溶血併黃疸」住院，後來「忘了」回診。

住院醫師很細心的把媽媽的病歷調出來看，為孩子做了全套的anemia survey[5]。結果母子倆都有reticulocyte count[6]高，LDH[7]上升，MCHC[8]高。

一張血液抹片勝過千言萬語。一顆顆鼓漲飽滿、失去centralpallor[9]的紅血球躍然眼前。血液科

5 指貧血檢查。
6 網狀紅血球計數。
7 乳酸脫氫酵素。
8 平均血球血色濃度。
9 中心染色過淺。

醫師診斷是Hereditary spherocytosis，遺傳性球形紅血球增多症。

媽媽這才說：家族成員龐大，兄弟姐妹裡只有二哥不曾因貧血住過院。他們似把它當成一種「家族印記」，痛了就打打針，暈了就輸輸血，逆來順受，相安無事。但從來沒有醫生告訴他們這個「醫學標籤」。

我說：「孩子暫時不會有問題，但必須在血液科追蹤。」頓了一頓，繼續說道：「媽媽也順便掛號一起看吧。」

從ABC說起

「您的孩子得了過敏性鼻炎跟輕微的氣喘。我先開一點抗組織胺和『肥大細胞抑制劑』給他。」我對媽媽說。

媽媽點點頭說：「好極了，他很需要。」

過兩週回診，媽媽說：「醫師，你不是開了『肥胖細胞』抑制劑？為什麼他反而變得更胖了？」媽媽不知道我說的「肥大細胞」，是指mast cell。她聽成「肥胖細胞」，以為我開的藥可以減肥。

日常看診我做了太多的假定。我匆匆詢問病史、檢查病人、打病歷、開檢驗跟藥方……我假定病人和我一樣修過「組織學」。當我說「肥大細胞」的時候，我假定病人知道，我指的是什麼。

我充滿歉疚地看著困惑的媽媽，試著說明：「『過敏』為人體接觸環境中過敏原因子後，所引發的一系列過度反應的現象。包含過敏性鼻炎、食物過敏、蕁麻疹、異位性皮膚炎、哮喘與全身型過敏性反應等……」

「『肥大細胞』是過敏反應的元凶。其細胞質中含有許多顆粒，顆粒中含有許多發炎介質。當肥大細胞受到過敏原的刺激，會把顆粒釋放出來，引發流鼻水、眼睛發癢、皮膚紅疹……」

這真是充滿驚奇與啟發的戲劇性時刻。

下次向病人開一個新藥，我就從ＡＢＣ說起。我懂得先問：「關於……，您知道多少？」

儘可能待久一點

我的實習醫師第一站，就是內科。

李老太太快過世了，每天主治醫師帶著我們查房，她的先生總是握著她的手，深情告訴我們這些年他們度過的美好時光。

我們都很害怕剛好在她要過世的那一天值班。

很不幸，我值班的第一天，總醫師對我說，李老太太可能在今夜過世。

在醫學院，我學到的是如何讓病人活著，沒有人告訴我病人死了要怎麼辦。我從來沒有宣告一個病人死亡過。沒人教我。

總醫師知道。

他告訴我，別緊張、放輕鬆，保持尊敬、保持信心。時候到了，聽聽心臟、看看呼吸，直接了當地講出來。為了安慰家屬，試圖了解這一刻他們的感受，儘可能待久一點。

他說完，消失在走廊盡頭。

那夜很忙，我不斷地接住院病人、寫病歷、做理學檢查、查檢驗報告、開處方、打點滴……做一百種實習醫師要做的雜事。睡覺從未是選項之一。

混亂的深夜時分，護理師終於通知我。該來的總是要來。

我走到李老太太的病床旁，把總醫師教我的演練一遍：看她的瞳孔、觀察她的呼吸、聽她的心臟。

良久，我抬頭，神情肅穆，向李先生說：「很遺憾……」陪李先生一起站立沉默，分擔這個沉重時刻。我正要宣告……

突然，病床上的李老太太重重地深吸了一口氣，我們都嚇壞了。

李老先生驚訝地說：「怎麼會這樣？她不是死了嗎？」我不知道要說些什麼，凍在那兒，背上冷汗直流。

幸好護理師這時出面解圍：「噢，人剛死時呢，有時候會出現一些無意義的嘆息。」她平靜地說：「這並非罕見。」

是啊。李老太太的心電圖仍是一條直線，水波不興。

我趕緊跟著點頭，並且真的待了很久，確定這事兒沒有再發生，才回去做那九十九樣還沒做完的「雜事」……

醫師的女兒

剛剛我在電梯裡碰到了A醫師，他曾是我優秀的同事，目前開業，醫術精湛，成就不凡。我很慚愧，到今天我才知道他的女兒住進加護病房一陣子了。

偶爾，我會碰上醫院裡面的醫師同事本人或他的至親，發生了重大的變故、生病，或意外。有時候，只是聽說，或許是謠傳。我以為身為醫師，整天被疾病圍繞，熟悉這一切，可以處理得好。他不願提，我也不便問。大家繼續保持忙碌，保持一種禮貌性的疏離。這樣有益冷靜看病。

有一位內科醫師告訴我，他有一位同事B醫師，女兒被診斷為轉移性腫瘤，病得很重。但B醫師不動聲色，照常看診，繼續在醫院工作。B醫師從不提他的女兒。

他是B醫師最好的朋友。他們曾是醫學院的球隊夥伴，住院醫師一起值班、一起流淚、一起歡笑；到現在仍一起看照會，照顧困難的病人。

但他也從來沒問過B醫師的女兒。他不想多惹麻煩，碰觸這沉重、絕望、難捱的「話題」。

B醫師視病猶親。無論病人病得多重，他絕不放棄，繼續為病人奮鬥，好像「是他的家人一樣」，他邊說邊讚歎著。

然而有一天，B醫師忽然請了長假，把病人全部轉給他。他還以為，B醫師只是去渡個假散散心。結果B醫師再也沒有回到醫院。

B醫師無法承受失去女兒的傷痛。辦離職，再也不當醫師，也不願意再接他的電話了。他非常懊悔。回想當初他們討論的病人，沒有一個比B醫師的女兒嚴重。B醫師一定時時以女兒為念，常出現眉頭深鎖的緘默片刻。那時，他應該要多問點什麼、多做些什麼的。

所幸，A醫師的女兒悠然好轉。病情已經穩定，就要轉出加護病房了。

自願受試者

閒著也是閒著。我答應充當同事X醫師研究計畫的受試者，測試肺功能。

「來，對著這管子用力吹，越用力越好。」X醫師指導我。

我使盡吃奶的力氣吹了，把所有肺部的空氣都擠進到這「肺功能機」裡。

「咦？」X醫師看了看螢幕，滿臉困惑地說：「根據你的體重跟身高，你吹出來的肺功能只達預測值百分之七十耶。過幾天再幫你測測看。」

我回家的路上開始群疑滿腹。

我又沒氣喘，最近打球老差一口氣打不贏老趙，就是因為肺功能不好？最近胸部隱隱作痛，會不會染上一個可怕的呼吸道疾病？ＣＯＰＤ[10]還太早吧，說「肺炎」又沒發燒，是「肺氣腫」我又沒抽菸，「支氣管擴張」到導致肺功能低下，恐怕百分之八十的支氣管都破壞了吧？會不會是「肺纖維化」，或甚至「肺癌」……要不要安排一個高解像力電腦斷層掃描……？

三天後，答案揭曉。X醫師說「肺功能機」刻度校正出了點問題。我再重新測一次，肺活量完全正常，終於鬆了口氣。

10 慢性阻塞性肺病。

但我因此想到，告訴病人不如預期或無法解釋的結果，需要重測的時候，他們度日如年，會有多麼擔心。

我笑著跟X醫師說：要好好跟你的受試者解釋，做「肺功能檢查」不是完全安全無害的。除了過度用力、腹壓增加，會造成「疝氣」的發作（我發誓我沒有），有時，對一些神經質又富想像力的病人，會增加幾個難眠的夜晚。

氣喘病童的媽媽

一位氣喘病童的媽媽自己也罹患氣喘，問我能否一起看她。她斷斷續續在成人胸腔科回診，用了很多類固醇。月亮臉、水牛肩、晚上睡不好、常常流淚。她說，孩子還那麼小，她不想死。

有一次，她不經意秀給我看她三年前的照片。照片中的她，充滿自信對我回望。長髮披肩，顴骨明顯，淡妝之下清秀可人。乍看之下，我以為是她的女兒或者是妹妹。

她說醫師好像很忙。她想坐下來好好談，可是沒有時間。每一次的門診都是那麼的匆促。我看了大吃一驚。我們常常汲汲於撲滅疾病的烽火，忽略了病人「原來的我」，忽略了病人心靈承受的試煉。我看到一個匆忙的醫師，初進醫業時，心中的熊熊火焰慢慢被澆熄……可能我也是一樣的。

其實病人的相片有時候比高科技的影像或實驗室檢查，更能提供疾病的線索。一張照片引發出一連串生命故事。你看到的不再是疾病症狀的匿名組合，你會看到病人獨特的自己。

後來我打電話跟胸腔科醫師商量。重新評估症狀嚴重度，為這位媽媽開立了最新的氣喘治療藥，Anti-IgE。

媽媽回診時說，她終於可以躺平睡覺了。臉上綻放笑容。

她問我：「小朋友可不可以也幫他開？」

我要開始努力收集更多病人跟他們家人的照片。

安慰劑

我當實習醫師時，有一次在耳鼻喉科病房值班。

一位四十五歲鼻咽癌末期的病人，交班時只說「讓他舒服一點」，顯然已經沒有很有效的治療方法了。

跟其他年輕的醫師一樣，我不敢開太多麻醉鎮靜劑。

這病人常到醫務站吵，總是要求肌肉注射。呼天搶地，看了讓人揪心。

本來是「需要時」使用，後來變成「定時」打，且時間越來越縮短。護理師認為他或許不需要打得那麼密集，轉頭看我。

是啊。萬一呼吸衰竭怎麼辦？我決定給他一個「安慰劑」的試驗：幫他注射了五毫升的生理食鹽水。

十分鐘後護理師急召我去床邊看他。他變得十分衰弱，嗜睡、全身顫抖。我得坐下來把耳朵靠到他嘴邊，才聽得到他卑微的請求：「醫師，行行好。」他說：「請再給我打一針吧，剛才那一針像白開水。」

那天晚上，他止痛劑的劑量越打越高，越打越頻繁。

我再也不用「安慰劑」了。

等明年

「等明年，我不用再上解剖、生化、微生物，我就可以放鬆了。」醫學生說。

「等明年，我不用再每兩天on call一次，整晚被病人吵醒，我就可以與朋友歡聚了。」實習醫師說。

「等明年，我當上總醫師，就不用每天工作這麼晚了。」住院醫師說。

「等明年，我不算是youngV，我就可以把積欠的假休一休了。」主治醫師說。

「等明年，我升等成功，就可以每週末都到海灘渡假了。」連續嘗試升等五次，卻都沒過的副教授說。

「等明年，我退休，我就可以多陪陪我的家人了。」走在路上突然心肌梗塞，在加護病房撿回一條小命的臨床教授說。

人生就是不斷的期待與然後，但是命運掌握在別人的雙手。

還沒來得及做完全屬於自己的夢，還沒做到自己真正喜歡的事……

「等明年……」然後你就死了。

轉診

小朋友高燒、淋巴腺腫、關節痛，住院數週，最後才診斷出來，是一種罕見的免疫疾病。心中大石並沒有因此而放下。在門診追蹤，孩子陸續出現感染疼痛等併發症。

爸爸很用心，每天隔一小時就記錄孩子體溫，做成圖表給我看。我憂心忡忡，和他一起討論用藥情形，花了不少時間。

我感覺棘手。心想要不要幫孩子安排「轉診」？到底是該找感染科？胸腔科？小兒外科？（什麼科都行，只要能分擔一點我的焦慮不安挫折感。）

考慮到某些遺傳「體質」，我問爸爸自己身體好不好。他說：他最近也是因為體重減輕、高燒、倦怠住院。經過幾個月不斷的抽血、影像檢查、切片，才診斷出是某種罕見的癌症。

他眼眶泛紅：「一開始，一堆人興奮地圍著我檢查、討論診斷確定以後，我的醫師好像對我失去興趣。話變得很少，到處給我安排轉診……」

我聽著聽著，把手上寫好的「轉診單」，悄悄塞到桌墊底下。

謝謝你相信我

當病患敲診間的門，我知道門後面有一個故事。
門後面的那個人需要一個可以信任的嚮導，
告訴他問題會迎刃而解，一切都會沒事。
多年的行醫經驗讓我學到：
病人只有領到醫師的人性關懷，才會產生信任感。

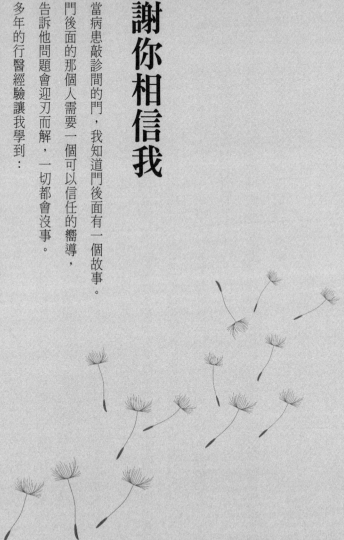

信任

一位爸爸「突然」帶小朋友回診。順便看看上次抽血的報告。

「醫師啊，他吃那麼多藥，結果還是沒有好。」他把家裡小朋友的藥全部倒到我的桌上。

爸爸從平鎮來，約三十公里路程。我上次為他預約許多時段，他都說因要工作無法配合。

長年小兒科醫師生涯使我不只會看小朋友，也學會觀察家人。這位爸爸，語氣不好，會用尖銳的問題挑戰我，與其互動時，感覺有一股肅殺之氣……

年輕時，我的態度是「好聚好散」，另請高明吧，我從不吝情病人去留。

年紀稍長，慢慢懂得平心靜氣：父母二十四小時在家中看著孩子，像身處戒嚴時期，應該比我更了解孩子。自己孩子生病住院的那些日子，不也是急如星火，事事質疑，對醫護人員不太友善？

於是在孩子的症狀之外，我多問了幾句。我看到一些「別的」：他工作被截斷的苦，他故作鎮定的哀愁，他因生活困頓而緊抿的嘴唇……

根據孩子抽血報告，我對爸爸說明他可能得了甚麼病。我一一端詳，發現我沒有什麼藥可以開給他了。問題出在爸爸不知道何時該使用何種藥。

我對孩子的service，我的「處方」，就在我對爸爸的解釋裡頭。我給爸爸的，是幫助孩子對抗疾病的「策略」。我不厭其煩說明了疾病的生理、藥物的機轉，化解爸爸的困惑，他頻頻點頭。

看完診，爸爸問：「藥單呢？收據呢？我要去哪裡結帳？」

我說：「我會在病歷上記錄。既然不開藥，你不用結帳。直接回家就行了。」說著說著把健保卡遞還給他。

我看到他臉上露出一抹衷心感激的微笑。

在「醫學」裡，對「科學」的專注不能離開對人的關懷。

看診這麼多年，我知道，深深為疾病困擾的病家，不是領到藥，而是領到醫師的人性關懷，才會產生信任感。我發現，能成為孩子及家屬生命的一部份是種莫大的福份。每一天我都為他們託付我的信任感動莫名。

信任醫師的家長，孩子通常好得比較快。

對蛋過敏

八年前，一位媽媽帶著六個月大的男嬰來看我。她懷疑孩子「對蛋過敏」：「他只要吃到蛋，身上都會出現紅疹。」孩子眼睛大大的，臉圓嘟嘟的，皮膚細緻光滑，對我微笑。這麼可愛的小孩，怎麼可能會對蛋過敏？

我對媽媽說：「這樣好了，你去買個海綿蛋糕，在診間外面餵他吃一下。十五分鐘後再進來。」媽媽半信半疑地照做了。

結果餵一口還不到三分鐘，孩子就出現呼吸困難，全身紅疹。我趕緊把他抱起，衝向急診（還好很近）。孩子血壓偏低，是「全身性過敏」無疑。靜脈輸液、腎上腺素、抗組織胺、類固醇全用上了，還好沒事。

我為孩子做了「全套」的過敏原測定，孩子在媽媽小心翼翼調製的膳食下成長，卻還是常常因為吃到或碰到不知名的東西，出現蕁麻疹或血管水腫。

媽媽還是選擇帶他來找我。我和媽媽一起來「找碴」，討論什麼食物是「嫌疑犯」，什麼疫苗該不該打。還記得媽媽有一次決定要為孩子打流感疫苗，我繃緊神經，好像站在百公尺決賽起跑線上，準備衝刺。

八年後，孩子三年級了，聰明伶俐，身高體重都比一般孩子優。媽媽說：「醫師你知道嗎？他現在可以吃蛋了耶。」

夫妻倆曾裹足不前，不敢生第二胎。我說不見得弟弟妹妹就會跟他一樣。何況，懷孕時期也可以做一些預防措施呀。

果然有一天，媽媽帶著六個月大的弟弟來看我。

媽媽微笑對我說：「醫師，我需不需要再去買一個海綿蛋糕，在外頭餵給你看？」

貴人在北方

一名八個月大男嬰回診，上次死命哭喊抵抗，這回竟對我微笑，企圖掙脫媽媽懷抱，努力爬到我的膝蓋上。

小病人記得。他看過我。他好多了。他歸功於我，這是他表示感激的方式。

病房那個像敗血症般高燒很多天、報告不太好的一歲多女嬰，莫名其妙退燒。看來不是藥物起了作用。我跟阿嬤說是某種不知名的病毒感染（我總是這麼說）。阿嬤堅信，是家裡有些不吉祥的東西。她努力燒香祈求神明，神明跟她說：「貴人在北方」。

孩子怕生，看到穿白袍的就哭。不舒服這幾天，躲我遠遠的。

我每天把手掌放在她滾燙的額頭，用手指感覺她微弱的脈搏，拉下她的眼瞼看她貧血的結膜，用聽診器聽她起伏的胸膛……

孩子氣色好多了，在床上活蹦亂跳，看到我，遲疑沈思一下，竟跑過來要我抱。阿嬤說不曾看過她這樣。我是第一個。

小病人相信，她每天奮力抵抗的阿伯，讓她好多了。她歸功於我。這是她表示感激的方式。

住院醫師問我：「要不要幫她抽血追蹤一個CBC[11]和CRP[12]？」

「我覺得不必。」

我可不要再讓她挨一針受苦，破壞她好不容易對我建立起來的信任。

我將她高高舉起，頓時感動莫名。

11 全套血液檢查。

12 C反應蛋白。

一切會變好

媽媽帶著十九歲女兒走進診間。大一生，荳蔻年華，清新而美麗。我認得她。小時候犯氣喘病，常咳到呼天搶地。我從小看她長大，幸好這幾年緩解，遂較少來。

兒科最美妙的地方，就是孩子再嚴重、危急、絕望的症狀，也會隨著時間悠悠好轉。

「她這次咳兩週了，晚上都睡不好。」我熟悉媽媽的語氣。

應是這季節尋常的過敏咳吧。我開了藥，病家道謝完就準備離去。「她骨頭怎麼了嗎？」我一面預約回診，發現電腦上孩子已經預約了骨科，順便問上一句。媽媽說：「醫師您也看這科嗎？她右膝腫了兩個月，最近照了核磁共振。」我低頭檢視她腫脹的膝蓋，再看看病歷。不太妙，懷疑是骨癌，過兩天要切片。為什麼不早點來？

MRI[13]上的影像看起來惡形惡狀。骨科醫師可能解釋得不多，否則媽媽怎能說得如此平靜？這樣，她的咳嗽可就讓人擔心了。我幫她照了張胸部X光，還好，鬆了一口氣，沒有轉移跡象。

我告訴媽媽，看來是要住院手術了。

我向孩子說：「妳要勇敢，我會去看妳哦。」

13 MRI，Magnetic Resonance Imaging的簡稱，磁振造影檢查。

她點點頭。許多疑問在我心中閃過。這骨科醫師行不行？看來勢必要化療，她那頭秀髮怎辦？她那條腿保得住嗎……？

不知所措。我終究把頭轉向電腦螢幕，隨手拿起一張紙條，寫下她的病歷號碼，塞進我的白袍口袋。

孩子接受了手術，幸好沒有截肢，只是換上人工關節。每次住院化療，媽媽都會帶她來找我「看一下」，摸摸頭，打打氣，順便處理她的「肺部舊疾」。因為化療後抵抗力弱，她一發燒，媽媽和我就進入警戒狀態。

那段日子，她變瘦了，頭髮掉了，有些疲憊。戴著帽子，靦腆微笑著。日子依然繼續要過。她樂觀而堅強，現已恢復上學，逐漸拾回往昔的美麗。

「她那條腿能保住，就千幸萬幸了。」媽媽說。

她持續門診追蹤，肺功能越來越好，像什麼事情也沒發生過一樣。

兒科最美妙的地方，就是孩子再嚴重、危急、絕望的症狀，也會隨著時間悠悠好轉。

水蜜桃

三年前某週六下午門診，最後一個病人，媽媽手上抱一個一歲多的小男孩倉皇進入診間，是現場加掛的。

孩子又喘又咳，高燒食慾不振好幾天了。我原想勸媽媽住院，但看到還有兩個哥哥拉著媽媽衣服叫肚子餓，恐怕有些為難。我只好先開點藥，要媽媽在家小心觀察。

媽媽問：「醫師，可不可以影印病歷?或開張診斷證明？」

「要做什麼用的呢？」我問（這年頭，聽到病人要影印病歷，就有種快要「變成被告」的不祥之感）。

「我要申請交通補助費呀，我是從復興鄉拉拉山上下來的。」媽媽答。

住在偏鄉，家裡經濟可能很拮据，可能沒人可以幫忙。弟弟在懷中不停哀嚎，她拖著兩個又吵又鬧的哥哥，搭著很久才有一班的客運公車，繞著顛簸山路，遠道而來。

她竟然耐心等到最後一號，毫無怨言。護理師已開始收拾診間，準備熄燈、鎖門，打烊。

我單子開好，起身，陪媽媽和三個小孩一起上樓到急診結帳。我沿路叮囑媽媽如何用藥，順便做點衛教。問問她家裡的經濟來源，孩子的教育情形，話話家常。

我在醫院門口，目送他們母子四人消失在暮色中。眼眶似有沙子跑進。

幾個月後，爸爸媽媽帶著拉拉山上的小病人回診。孩子好多了，元氣十足，伸手要玩我的聽診器。他們帶來伴手禮，水蜜桃。

「試試看，自己種的。」爸爸爽朗地說。

果然每一顆都晶瑩剔透、豐潤飽滿，想必是他們精心挑選過的。這是我吃過，最美味、最甘甜的水蜜桃（腸胃科主任老趙每年上山參加「水蜜桃盃」桌球賽，打得精疲力竭，從沒贏過半盒回來）。

這是我該做的

十三年前的一個週六下午，一個四歲女孩因間歇發燒一個星期求診。媽媽說她只是微燒，但有點久，還是到大醫院看一下比較放心。

飲食活動力一切正常，理學檢查看不出異樣，應該是病毒感染吧。本想放她回去，後來我念頭一轉，還是開立了緊急的CBC+D／C[14]和尿液分析。

二十分鐘後，檢驗室打電話來：「林醫師，你要不要上來看一下？」

孩子只有輕微貧血，白血球總數尚可，但顆粒性白血球不見了，血小板還正常。但血液抹片上一群惡形惡狀「芽細胞」躍然眼前。不是血液科醫師也知道：這是初期「白血病」無疑。

冷靜的媽媽半信半疑，但看到我嚴肅的臉色，決定聽我建議，住院作進一步檢查。

我厚著臉皮在假日請血液科醫師來確診。孩子旋即接受化療，迅速得到緩解，追蹤迄今不曾復發，現在是高中美少女一個。

我不是孩子的主治醫師，但他們一家人感謝我，甚至勝過他們的血液科醫師。

爸媽說在腫瘤病房看到其他白血病童不斷復發，各式悽慘境遇。他們深信，是因為我在初診那

14　CBC+D／C，全血球計數及白血球分類。

天就診斷出來，孩子治療才會那麼順遂。

「任何小兒科醫師都會這麼做的。」我說。

十三年後，某個週六下午，憂心的爸爸又帶孩子來找我。原來她因為高燒五天住院，感染科醫師找不出原因，但因燒比較退了，就讓她回家。

但孩子回家後食慾不振，喉嚨極度疼痛。因為孩子得過「重大傷病」，爸媽十分焦慮。理學檢查發現，孩子的扁桃腺腫大化膿。我做了採樣，給予廣泛性抗生素一週。昨天回診，孩子露出大病初癒的笑容。

爸爸臉上有種難以言喻的感激表情。我不是孩子的主治醫師，但他們一家人感謝我，甚至勝過他們的感染科醫師。

「任何小兒科醫師都會這麼做的。」我說。

知情同意

安排大腸鏡息肉切除術，護理師發給我一疊厚厚的同意書。要注意的，只是每張右下角一個小小的空格，簽名、註明時間和日期，就對了。

其他的部分，大致是苦口婆心地說明這個手術的副作用，例如併發症、穿孔率，讓患者「知情」，然後「同意」（最好不要看。看了名字就簽不下去了）。

這讓我想到，作為醫師升等評審委員，主席會發給我一疊厚厚的履歷表。要注意的，只是每個人的「論文欄位」。其他部分，就像「手術同意書」的內容，參考就好；只要知道「病例報告」勝過「短信」，「原始著作」勝過「案例系列」，第一作者勝過其他作者。高IF[15]值的論文，越多越好。分數不要算錯，就可以勝任（不如叫電腦來做評審委員就好）。

為什麼醫師升等要這麼在意「論文」？其他的行業，如律師、會計師、建築師等，判定能力的標準通常是他們在「本業」做了什麼，而不是發表什麼。

許多安靜的、勤勉的、提供高品質醫療照顧的醫師，因沒時間寫論文而無法升等……

15 IF，impact factor的縮寫，即影響係數。

「看病」這樣救人一命、有意義的「本業」，竟然比不上說服一個期刊編輯發表他們的研究成果。「論文」可以展現申請者醉心研究、辛勤寫作，與散布醫學知識的動機；但不能反映他是不是一個「好醫師」（患者大病初癒的「微笑次數」或許可以）。

一切都是來自於一種誤謬的假定：醫學中心的「醫師」必須同時是卓越的科學家和研究者（一方面要救人無數，一方面又要找到癌細胞轉移的機制），三十年前或許可以。大師通常集「視病猶親」、「熱心教學」、「論文等身」於一身，但現代高度專業分工的時代，三者已分道揚鑣，這種「美事」已經很難複製。

我仔細閱讀了履歷表論文以外的其他欄位，深受感動。申請者鐘鼎山林，各有千秋，一個我都拒絕不了。

我的醫師沒有很高的「教職」，但在我心目中他是最好的。

用論文來決定醫師升等是一種便宜行事。對於終日奉獻於病患照護的同儕，我們必須找到比「論文」更好的方法來評核。

真正「知情」，才能欣然「同意」。

臉友

帶小朋友來看診的一位媽媽，不小心成為我的「臉友」（這種情形很少）。她的兩個孩子因為有點過敏體質，常常來「光顧」。太熟了，孩子總是順服望著我，讓我摸摸肚子、聽聽胸膛，眼神好奇而可愛，自己張開嘴巴，不用壓舌板。

昨天在我的臉書首頁，看到這位媽媽播放她為小兒子慶祝兩歲生日的影片。在家中的客廳，主角彷彿知道怎麼回事，興奮地坐在爸爸懷中。阿公、阿嬤、媽媽、哥哥，一起圍著蛋糕，為他唱生日快樂歌。歌一唱完，媽媽要爸爸幫弟弟許願。哥哥急著要幫弟弟吹蠟燭，大聲拍手說：「弟弟不會吹啊，我幫他。」一家和樂融融。媽媽說，終於可以一覺睡六到八個小時！

原來一週前，這對小兄弟才各自生場大病、頻繁看診甚至住院（在我的service）呢。我很欣慰。我不只知道孩子生了什麼病，我還知道他們有一個溫暖的家。

當小兒科醫師總會找到各式各樣的驚喜，尤其當孩子擺脫疾病束縛的時候。

我急忙按讚，記錄自己曾經參與孩子生命這一小段美好的旅程。

有人說醫師與病家過度親暱，反而破壞醫病關係。還是保持點距離好。我倒覺得拜「臉書」所賜，最近看診的時候，腦中總是出現一幅幅親子共遊的和樂圖像，使我更想把小病人照顧好。醫學院教我醫學，但病人的生命故事教我如何成為一個醫師。

不能退休

前幾天在臉書揭露我服務滿二十五年的消息。感覺歲月忽忽，為之惆悵不已。

今天就有一位媽媽問我：「聽說你要退休啦！不行啊。那我家這兩隻以後怎麼辦？」

一對雙胞胎姐妹花，從嬰兒看到現在六歲多。中間住院好幾次，都是我看的。

孩子看久了（因為他們選擇一直來），一種微妙不可捉摸的醫病之情，讓我無法每件事都公事公辦。每次看診，我記錄她們身高體重的百分位，告訴媽媽，孩子的生長發育正常。

媽媽覺得孤立無援時，我額外回答了一些問題；已經滿額時，讓她們加掛；孩子住院時，多去看她們幾回……

我其實沒多做什麼。一點也不麻煩。可是媽媽不以為這只是舉手之勞。我了解他們，他們也越了解我。他們把我看成家人，一個可依賴的鄰居，一位可以信任的朋友。

聽媽媽這麼說，我感到既驕傲又榮幸。趕緊說：「我只是年紀夠老，暫時還沒有考慮啦。」

看到媽媽如釋重負的表情，我竟像領了「終身成就獎」一樣高興。

（看來我隱藏的臉友還不少！）

Role Model

儘管台大最近出了一些問題（害我有點猶豫，不敢回去參加景福校友會），但畢竟在大學時代，很幸運地，我還是碰上許多心靈導師，影響了我的一生，例如謝貴雄教授。他巨大的身影，永遠充滿朝氣，總是奮力向前。他的病人說，光看到他，就覺得好多了。

病人來看謝教授，不只是來看一個醫師，而是來拜訪一位朋友。老師了解他們的身世和心情，知道他們的困惑與煩憂。

跟老師的診，你會發現，被傾聽、被了解原來是一種幸福。病人感受得到他微笑的溫暖。很多事情無法被看見、被觸摸到，但被衡量、被計算、被……卻是那麼的真實。世界上很多重要的事情都是像這樣。

會記得一個老師，是因為他的人格、行誼，曾怎麼感動你，反而不是他教了什麼。

謝教授教我：

1. 「被需要」是一種美好的感覺。
2. 學會喜歡你的病人。
3. 還有最重要的，要對病人好一點。

他是我的role model。

三十年過去了。謝教授已墓草久宿，我也垂垂老矣。我努力模仿他，但力有未逮。

完成兩週的病房實習，一位醫學生對我說：「老師，您真是我的role model。」

我不覺嘴角上揚，心想總算遇到一個識貨的徒弟。

「病房那個小朋友，從住院以後，燒就沒有退，而且不斷出現併發症，最後進了加護病房。看來您也是束手無策……」學生說。

「把孩子的病治成這樣，家長卻一點也沒有要告您的意思。」學生補充。

「行醫」是特權

當總醫師的時候，覺得自己是宇宙的中心。

值加護病房是家常便飯。我熟悉各種技藝：插氣管內管、胸管、打CVP[16]、放動脈導管，洗CAVH[17]……對各類疑難重症，「沒在怕的」。

有一次值班，一位十一歲的男孩因為「猛爆性肝炎」住進來。孩子深度昏迷，嚴重黃疸，凝血功能異常。我嘗試了各種方法，包括「換血」，但孩子反應很差。我緊盯著孩子和他的數據，徹夜未眠，不斷把媽媽叫來跟進病情，表示預後可能不好。果然過兩天，又是我值班的時候，孩子心跳停止，開始急救。媽媽剛好離開醫院不久，我叫護理師緊急召回媽媽。

那時我終於知道我害怕什麼了。我最害怕的就是對爸爸或媽媽宣告，他（她）的孩子就要過世，無可挽回。

我在走廊上碰上媽媽，看到我的臉，她大概就知道發生什麼事了。

「很遺憾，沒辦法把孩子救回來。」我的悲傷從胸腔上升到喉嚨，哽咽、聲音沙啞。

為什麼這位媽媽要經歷這樣的事情？我感到人生的不公平、悲哀、殘忍。

16 CVP，中心靜脈導管。
17 CAVH，連續性血液透析療法。

媽媽安靜的眼淚頓時變成令人動容的啜泣。許久，她握著我的手，對我說：「感謝你為我的孩子這麼努力付出，看得出你很在乎他。我的孩子對你很重要，雖然你不是他的主治醫師。」

在她人生最糟的時刻，媽媽竟還能對醫師表達真誠的感激，不忘為醫師療傷打氣。

深深覺得「行醫」是一個特權，可以在最黑暗的時候，見證最令人難以置信的恩典。

以身試藥

腸胃科複診，醫師準備為我安排大腸鏡複檢。醫師十分和藹可親，在電腦上讓我自選排程，保證全程無痛，並開立「清腸劑」，供我檢查前一天使用。

他說：「我們醫院有兩種清腸劑。上一次開的那一種比較難吃，我這次開一個檸檬口味的給你。」

「這兩種我都試過。」他補充。

頓時我感激莫名，立刻給他加分。上次的真的有夠難喝。我強烈主張，每個腸胃科醫師，在開這東西給病人以前，都應該自己喝喝看。

我想起「神探福爾摩斯」的作者柯南道爾。他還是愛丁堡大學醫學生的時候，有一次犯了神經痛，他自我嘗試，使用一種植物「金鉤吻」浸泡藥酒治療，作用有點像尼古丁，但是中樞神經的抑制作用更強。

第一天他服用兩毫升，逐漸增量，到第七天服用十毫升。他忠實描述「中毒」症狀——從第一天的眩暈、頭痛、眼協調力差，到最後一天的腹瀉和嚴重的憂鬱症。結果發表在知名的醫學期刊

《英國醫學期刊》（*British Medical Journal, BMJ*）[18]上。

在他的醫學博士論文裡，他再次「以身試藥」。這次是nitroglycerin[19]。他說：「劑量可以從一滴逐漸增加到二十滴。中毒的第一個跡象就是頭腦脹痛。我自己曾嘗試了四十滴，無明顯不適。」

不知道柯南道爾小說裡的神探福爾摩斯是否也承襲作者「自我實驗」的精神？他最後變成一個古柯鹼成癮者。在《四簽名》（*The Sign of the Four*）裡，華生醫師警告他說：「小心這個代價，這是一個病態的過程，會造成你組織的傷害，讓你留下一個永久的弱點。」

我不禁也躍躍欲試，吞下了一顆我常常開給病人治鼻塞用的藥。鼻子真的不塞了，但是我睡了十二小時，起來還昏沉沉的。

有一位「古意」的媽媽對我說：「孩子不小心把口香糖吞進肚子裡了，我住鄉下，沒有醫師可以看。孩子一直哭。我不知道這要不要緊？會不會把腸子黏在一塊？於是，我也吞了一顆，看看會有什麼症狀……」

18 醫學四大期刊之一。

19 一種血管擴張藥物。

夜間查房

病房布告欄上標注著每個主治醫師的查房時間，通常是上午八點，或下午兩點之類的。我如果早上有門診，則下午查房。白天心中有事，常匆促而簡略。

有一天特別忙，出乎意料的行程，使我直到晚上七點多才開始查房。只剩值班醫師還在。太陽已經下山了，病人都已經吃完晚餐，很多病人有訪客圍著聊天，可以從事一些活動來「分神」，轉移疾病的苦痛。

和白天不同的景致和心情——氣氛不再那麼喧囂忙碌，手機也不再隨時響起，「有意識」的活動增加了。這時刻，我有餘裕充分了解：病患為何走到現在這種境地？治療過程中，是否有解除一點他們的苦惱和擔心？檢查結果的解釋，有沒有不清楚的地方？

我可以「脫稿演出」，和病人分享一些故事或笑話。問問他們，最想念家裡的什麼東西？平常讀什麼書？養的寵物還好嗎？

我努力使冰冷的醫院稍稍宜人居住一點，使他們在此地的停留，稍稍可以忍受一點。改善的方式或許很簡單：可能是多開一個藥、多做一個檢查，答應預先安排一些治療，或只是給病人一個讓他可以安心的微笑。

是的。尤其是最後一項，大膽施之於住院病人，我從不曾發現在臨床上會有什麼禁忌症的。

甄選醫學生（一）

身為醫學系導師，參加醫學生的甄選很多年，我的感覺是：甄選對窮學生越來越不利。

從入學開始，候選人都是數理資優班，都是雙親細心呵護下的產物，聰明不在話下。就連「繁星」，其實大致也是按成績分發，大部分來自中上階層的家庭，從小家學淵博，各種興趣、各式活動、各項競賽、志工活動、出國旅遊、生物醫學體驗營……十八般武藝，樣樣皆通。

「你把自己準備得很好。」這是我最常說的開場白。刻意打造的鑿痕甚深，窮人家的孩子，門都沒有。僥倖考上，醫學院的求學歲月特別漫長。窮人家的孩子，唸書期間在繁重課業下，還要出外家教打工，有時得四處舉債。

辛苦唸完醫學院，考上執照。窮人家的孩子，傾向「務實」，選擇儘早開業賺錢還債，而不是留在醫院逐步晉升。出國繼續深造？從來沒想過。

其中不乏天才橫溢者，曾經以成為「醫師科學家」自許的。冷峻的現實不允許他們長期領低薪做研究攻讀博士班，實現自己自傳裡寫的夢想（畢竟我讀了很多）。

根據我的世代追蹤研究：當今之世，窮人家的小孩想念醫，就是從小一路挨打掉淚，一路從唸書被岐視到出社會。

我真有點懷念起聯考時代。

甄選醫學生（二）

又到了甄選醫學生入學的季節。

無庸置疑，來的都是好學生。接近滿級分，聰明，數理資優，奧林匹亞競賽的常勝軍，有的已經在醫院做實驗。

他們都有著「追求完美，近乎苛求」的人格特質，可是長遠看來，這樣的人格最容易在醫業的混戰中受傷。虛榮、優越感、在乎別人看法、控制慾強、忌妒、貪婪、對小事煩躁……是「完美主義」者的黑暗面。

這樣的態度，施之於「科學」雖可，施之於「醫學」，我覺得不行。因為這會造就醫學上的「絕對主義」。絕對相信「準則」，不由分說，一切按照protocol[20]，不接受任何評論。認為病人通常會說謊，聽聽就好。一切量化，病人的呻吟，只是他的幻覺。

醫師做得夠久，你就會發現，醫學的現實是充滿不完美的。病人的困境，有時沒有任何科學的措施可以緩解。

醫師有時感到困惑，覺得灰心，知道現行的路是行不通了，必須放棄準則，另闢生路。

20 臨床實驗計畫表。

或許是大環境鼓勵，許多醫師拚命降格以求，追逐統計上有意義、但臨床上不相干的醫學研究。其實，深究之下，「醫學」比任何只操弄數據的「生命科學」來得費解，來得崇高許多。病人身上的瑕疵，讓我們反思自己的脆弱，使我們知道，不管病人還是醫師，人生總不完美。

我們寧陪著病人，等待天光，相信總能做點什麼別的。

對「不完美」免疫，我們才有源源不絕的快樂，在漫長的醫業裡，不致對人生絕望，才會大聲對自己說：「下輩子還要當醫師。」

開「慢車道」

一位朋友得了心肌梗塞。沒什麼稀奇，很多人得。但他是一位心臟科醫師。

他說胸部有一種不可言喻的壓迫感，想吐。他曾看過上萬個心臟病患者，怪他們說不清楚「胸痛」的特徵。現在他知道，這有多難描述。

台灣地狹人稠，救護車很快發現他，送他到自己工作了十五年的醫院，被抬進自己熟悉的冠狀動脈加護病房。

前幾個小時十分模糊。他只知道，同事和護理師有效率地在他身上做工，就像他平常在這裡對重症病人做的事一樣。

監測器上的心律不太規則，不斷出現心室期外收縮。意味着命懸一線，死亡迫近。可是他不怕，只是遺憾有些事還沒交代。

現在他知道，躺在加護病房床上的病人在想什麼。就是終於有機會，不斷的反思。

「為什麼是我？」才剛過五十，不菸、不酒、血壓正常、沒有危險因子、家族裡很多百歲人瑞……

只是最近工作較忙。朋友說他：「像開車永遠開在快車道。」他反駁：「這行業不都是這樣？」

隔壁床病人突然心跳停止。大夥兒一躍而上開始CPR，一陣忙亂後復歸寧靜。人被送走，簾幕被單被撤下。

他看在眼裡。人生最大的雄心壯志縮減成：趕快逃離這鬼地方。所幸，第二天他已經可以自行盥洗、更換睡衣；第三天拔除心臟監視儀；第四天病況穩定，轉到病房。那是他人生最快樂的時分。

可是人生變了。他走幾步就感到喘不過氣，簡單的事情成為重要的目標。他感到疲累。像跑完一場激烈的足球賽或越野馬拉松。唯一的差別，這一次沒有辦法像以前恢復得那麼快。平常不覺得，現在他觸摸到：同事濃濃的關懷。他人緣不錯，熱情的朋友接踵來看他，他很歡迎，體力卻有點招架不住。

主治醫師要他謝絕訪客：「你沒死於心肌梗塞，卻可能在自己的主場，被自家人的善意給殺了。」

「什麼時候可以把點滴拔掉？」、「什麼時候可以停掉利尿劑？」、「什麼時候可以回家？」他和他的病人沒有兩樣，急於重回人生的軌道。

他答應，這回他上路後，會選擇「慢車道」開一陣子。

您看過就好多了

那是繁忙的一週。幾個科內醫師請假，禮拜五我有點模糊的頭痛，禮拜六看完門診，開始發燒，覺得很不舒服。

「可能是最近太忙，休息一下就好了。」我吞了兩顆普拿疼，直接上床。但是我的頸部跟肩膀痠痛，絲毫沒有改善。

到了晚上十一點，頭痛欲裂，我心裡想「腦膜炎」大概是唯一最合理的診斷了。我厚顏打電話給某醫師求救。他不辭辛勞，跑來看我。他是個好友。一直都是。

他到的時候，我感覺非常難過，已經準備好行囊，要請他帶我去住院。

他看著我，坐到我床邊。不疾不徐，輕聲細語，複習我的病史。說來也怪。當我一五一十對他敘述自己悲慘的一天時，奇蹟發生了。我頸部跟頭部的痠痛竟然逐漸緩解。

等到他開始對我理學檢查，說我可能得了「流行性感冒」的時候，我已經舒服到完全可以接受這個診斷。

平常不少門診或住院病人，在我診察完畢後，會和我握手，對我說：「醫師，謝謝您，您看過以後我就覺得好多了。」我始終不相信。我認為那是病人故意奉承、討我歡心的客套話。

我現在知道，有時候，這是他們的肺腑之言。

診斷書

孩子小時候的氣喘是我看的。時常發作。現在二十三歲，要當兵了。爸爸來幫他開診斷書。

「這些年好很多了啊。」爸爸說：「就是聽林醫師指示，做好環境控制，他就再也沒那麼嚴重了。」他頓了頓，謝道：「以前都是當感冒醫。林醫師是孩子的救命恩人啦。」

孩子要去當兵。他憂心忡忡。診斷書上醫囑通常是寫「避免劇烈運動」就行了。但爸爸要求與我逐字核對，要強調環境控制的重要及發作的嚴重性：「需使用混紡寢具（棉加聚酯纖維），且需固定兩週，以六十五度熱水清洗，方能有效避免過敏原……」、「過敏發作時，常引發氣喘，必須審慎因應，安排緊急後送事宜……」

反覆字斟句酌，來來回回診間好幾次，護理師都已經翻白眼。最後終於定稿。爸爸希望我在醫囑上「簽名」。

我說我會蓋章表示負責。他說不夠。你要在上頭寫「醫學教授林思偕」，部隊的長官才會信。

「林教授。您知道嗎？小時候我帶他到處看診，都不會好。直到碰到您。您終止了我們家人的惡夢。我常讀您的文章，您寫您生病的經歷，像〈刀疤〉，〈耐煩〉，我都會背了。我常跟親友說，長庚醫院有兩個俠醫，一個是已故的林杰樑教授，一個就是您了……」

（診斷書上還需要加些什麼嗎？）

如何選科

一位醫學生感到憂慮，問我畢業後未來要走哪一科。我本來要跟他說「小兒科」的。

結果他先說：「老師你知道嗎，不管我到哪科實習，那科的老師都會跟我說自己這科最好。」

「老師，我不在乎錢。您可不可以誠實地，光就『人格特質』，分析我該走哪科？」他問。

我只好問他：「你大部分的時間是神智清楚的？還是有點瘋狂的？」如果個性有一點瘋狂的，專注力夠，可以走「精神科」；毫無專注力，則走「急診醫學」科。

學生答：「我自認是神智清楚的。」他不適合。劃掉。

「你喜歡辛勤工作的成就感嗎？」我再問。如果想安逸些、生活品質好一點，或許考慮「眼科」、「皮膚科」和「放射線科」……

「我想要學以致用，我滿認真工作的。」他答。所以這些科也不是他要的，劃掉。

「你喜歡和病人說話嗎？」我又問。如果很不喜歡，就走「外科」，如果不太喜歡，看是要選

「病人一直都在睡」的「麻醉科」，或者是「病人已經死去」的「病理科」。

「我很喜歡和病人聊天啊。」學生答。

這位學生只剩下兩科可以選。痛恨小孩子，就走「內科」；痛恨大人，就走「兒科」。

我的最後一個問題：「你比較喜歡看如旭日東昇、充滿朝氣的民族幼苗？還是夕陽西下、百病叢生，與子偕老的銀髮族？」

看來他非走小兒科不可。

病人是健忘的

爸爸帶著孩子在我門診追蹤了兩、三年。病情終於穩定。我看著孩子的臉，對他說：「不用再來了，高不高興？」

有點愁悵。病人像短暫停駐的候鳥，拍拍翅膀飛走，什麼也沒留下。

我常想，孩子病好了，不再回診了，以後會想念我嗎？讓我好好記住你的臉。下次再碰到，「阿伯」可能認不得你了。

「我會想念你的，醫生。」孩子沒說話，倒是爸爸反應熱烈。他親切遞上名片，和我握握手說：「謝謝你的照顧。改天到我家坐，我招待你喝上等的凍頂烏龍。」

沒有被當成只是「醫療供應者」，反而被珍視為朋友，我心中升起一股暖意。

兩週後（才兩週喔），我逛桃園某家超商的時候，與這位爸爸不期而遇。

我熱切上前打招呼：「孩子還好吧？我正期待要到你家喝茶呢！」

他滿臉驚恐。疑惑看著我說：「你是誰？你想幹嘛？我這輩子從沒見過你。」

爾後，我陸陸續續在桃園的大街小巷，碰到我看過的病人。我不敢相認，倉皇走避。我的感情再也禁不起任何摧殘。我告訴自己，病人是健忘的，不要自作多情，我沒那麼特別，我可以被任何醫生取代。只要感恩自己曾出現在病人的脆弱時分，幫忙過人家，就夠了。

某日在診間，一位病童的爸爸說，有一天看到我走進某家小吃店。他說，他以為林醫師一定認不出他，於是沒有勇氣出面阻止我。

他想告訴我，那家東西真的很難吃。

能力

當第一年住院醫師時，有一次深夜輪值急診。一個一歲多的小朋友被抱進來，呼吸急促，臉色發紺。他是「龐貝氏症」的患者，因為心臟衰竭和感染，從出生後就經歷無數次的插管和住院。爸爸、媽媽、阿公、阿嬤、叔叔、阿姨……一行人大陣仗全到了。

我先幫孩子打上點滴，給他氧氣。從他厚重的病歷看來，他可能需要插管，跟以往一樣。這是個無法治癒的疾病，是一場打不贏的仗。但家屬沒有放棄，盯著我看。我必須全力救治。

但這次，孩子喘息著，眼神好像在哀求我，叫我不要。媽媽在一旁啜泣，不知所措。

我猶豫了。我厚著臉皮call總醫師，承認我不知道該怎麼辦。總醫師很神奇的地沒多久就出現在我面前，拍拍我的肩膀對我說：「我們走。」

總醫師並沒有如我預期，召開家族會議。

他把雙親以外的家屬，一個一個拉到外面去「了解」，問他們知不知道孩子得什麼病。家屬每個都知道孩子目前的困境。他們都承認，看到孩子反復進出加護病房，心都碎了。不知道怎麼辦。

總醫師對家屬說：「其實我們也不知道。」我們不知道，繼續積極治療，再把孩子插管，送進加護病房，是不是對他最好？

「孩子病得這麼重，已經受了那麼多苦，現在看起來要走了，或許不要再折磨他，儘可能讓他舒適，您覺得如何？……」

最後，他走進診療室，語重心長地和淚流滿面的父母討論。

他們最終同意接受「緩和治療」，和殘酷的現實和解。孩子隔天輕柔地離去。

事後我問總醫師是怎麼辦到的？他聳聳肩說道：「我也不知道該怎麼辦。這些台詞都是我當場編的。」

作為一個醫生，我們很怕對病人說，我們不知道怎麼辦。這代表學藝不精，「能力」不足。

總醫師教我，設身處地，謙虛地去理解病人的處境，並承認自己的脆弱，進行誠摯的醫病對話，常能給家屬一個清楚的思路，心情的安寧。

總醫師看到的病人，不是他的第一眼，不是概略的印象，而是他的第N次。他看到細緻的部分。家人隱藏的哀傷。他把內心不斷堆疊加厚的病人印象，串接起來，形成看法，理解，和一種自然而然的反應方式。

我只能讚嘆，這就是一種「能力」。

導聚

住院醫師又在約「導聚」了。組長客氣問我想去哪裡吃，吃些什麼。

我說你們安排就好，我會出席，反正我的胃無福消受。最近被診斷，我有逆流性食道炎。

我喜歡看年輕人吃飯，聽他們說話。餐廳自己選，我請客。雖然現在的住院醫師，大約像我自己兒女的年齡，我已經很難插上話。

我想起自己以前在台大，當見習醫師的頭幾天，早晨六點三十分就要到病房準備資料，我戰戰兢兢，穿梭在醫院的長廊，在病房走進走出，無止境地記錄病人的生命徵象。

我什麼都不懂，不知道自己在做什麼。沒人在乎我的存在。

病房迴診時，我躲在隊伍最後面，盡量不要擱著他們的路。

我常犯錯：抄錯病人床號、報錯data、X光不會判讀、引用錯誤文獻……我讓每個人失望，好像自己是這個團隊的負擔。有些老師的評論幾近羞辱，輪到我講話時，總覺得他們在翻白眼，皺眉頭，保持難堪沉默……

嚴格的醫學中心訓練就像軍隊一樣，不把醫學生當「人」看。至少在那年代。

有一次晨間迴診結束，我飽受電力摧殘，萬念俱灰，一位在同科大我幾屆的學長，帶我到台大舊址八西東病房一樓餐飲部吃早餐。

我們各自選了食物，結帳時，他對店員指著我的餐盤，說他也要付我的。我抗議，想拿出自己的皮夾，心想住院醫師可能還不太有錢。

他堅持：「見習醫師已經夠累了。當我是學生的時候，我的學長也請我吃早餐。」

「這是一個傳統。」他說：「所以你就把它傳下去吧。」

我一邊嚼著熱騰騰的奶油酥餅，一邊聽他問我學習的狀況如何，教我presentation的技巧。說著吃著，我突然就熱淚盈眶，不再覺得自己的存在沒有意義。

那一刻，我又成為了一個「人」。有人在乎我，我是這個團隊的一份子，我可以繼續努力從容，跟他們一起轉動……

「所以你就把它傳下去吧。」這是我每次帶學生導聚比較振奮人心的部分。

當然比較令人悲傷的部分，就是結帳的時候（餐廳不該讓他們自己選的）。

不只是工作

〈希波克拉提斯誓言〉（Hippocratic Oath）：

我鄭重地保證自己要奉獻一切為人類服務。

我將要給我的師長應有的崇敬及感戴；

我將要憑我的良心和尊嚴從事醫業；

病人的健康應為我的首要的顧念……

「醫師」不只是一份「工作」

世界醫學協會最近修訂了新的〈希波克拉提斯誓言〉。與原本一九四八年版本相去不遠，新版仍保留了：「我將要傳承領受醫業的榮譽和高尚的傳統。」

價值觀改變的新生代醫師，或許會認為這是對醫師這行業，華麗不實的溢美言辭。或許他們會輕蔑地說：「不就只是個工作嗎，醒醒吧。」

以世界的觀點，醫師這個行業不只是一種「工作」。它有著「正直」的召喚和高「道德」水平的要求。幾百年來，始終不變。不管你喜不喜歡，承不承認。

高中畢業，我考上醫學院，鄉下的阿姨認為醫師是種貴族似崇高的行業。我對她說：「我要北上去唸七年書，然後就當醫師。」

「那樣唸一唸，就可以變成醫師了喔。」

當然不行。

哪一種工作需要莊嚴的宣誓？需要面對病人最難堪的處境？需要檢查病人最私密的部位？需要目睹失智老人的無情凋零？需要陪著垂死的癌症病童強顏歡笑……？

回顧近三十年的行醫生涯，雖然不太相信如「模板」的「醫療典範獎」，我還是很討厭承認醫師只是一份「工作」。沒有任何行業像醫師一樣，充滿濃厚的倫理困境，需要冷靜的腦和仁慈的心，既要理智又要求悲憫。只是很多人選擇視而不見而已。

新版的希氏誓言告訴我們醫師的優良傳統——那種「一心一意為病人好」的初衷，難能可貴，值得珍藏。

我的學長

媽媽幾週前在榮總進行右膝關節置換手術。

主刀的醫師是大我一屆台大學號同為三十七號的直屬學長邱方遙教授。三十多年沒見面了。

住院前兩天，我打電話要學長多多關照（這醫生竟然留手機號碼給每個病患）。

我很感念他。當年大一新生時，他無微不至的指導我。把所有教科書、筆記、武功秘笈，全部交到我手上……

我說媽媽八十五歲了，很怕開刀，她猶豫一陣子才同意的。

學長罵我：「你這個不孝子，怎麼讓媽媽受苦那麼久？」

媽媽住院期間。邱教授每天清晨傍晚各查房一次，細心慰問。期間有任何不適，他也是隋傳隨到，握媽媽的手，蹲下來摸媽媽的膝蓋。媽媽看到他，症狀就好一半了。

因為工作的關係，我們為媽媽請了看護。每天下班後，我才從林口開到榮總探視。每次我到的時候，媽媽都說邱教授才剛走。他每天在醫院的時間超過十二小時。

媽媽住在一八三病房區，某天約晚上八點多，探視完媽媽，我不小心闖到一八四區，正巧撞見一精瘦男子，身披白袍，穿牛仔褲，注視著電腦螢幕。

他抬頭看看我。對我說：「小伙子。你走錯路了。你媽媽不住這裡呀。」

正是邱教授本人。他的臉孔和印象中沒有絲毫的改變，像年輕人一樣精神奕奕，身材保持得很好，只是頭髮少了些。

「這麼晚了。老婆在等你，你還在醫院幹嘛？」我心想。

我們握手言歡。想起過往，我的眼睛有點濕濕的。他向我保證，媽媽沒事。我安心許多。媽媽果然很快就出院了。傷口復原和復健都十分順利。早該挨這一刀的。爸爸說。出院回診時，邱教授檢視了一下，跟媽媽說傷口碰水沒關係了，並教媽媽要「愛台灣」。愛台灣？原來他教病人在家裏，小腿要時常「抬」起來，膝蓋要反覆作「彎」曲的動作。所以叫「愛抬彎」。

他愛不愛台灣我是不知道。但我確定他「愛病人」，愛他為病人所做的。

他是我的學長，他是個好醫生。

韌性

一位領著低收入戶證明，帶孩子來看病的中年父親和我閒聊人生的「韌性」。他說：「醫師，像你這樣，一帆風順的，很難想像人生東山再起的困難吧。」

他年輕時離開公職，投入夢想。信任不該信任的人換了許多工作，結果失婚、失業，連家都賣了；帶著兒子，離開故鄉。其間經歷雙親的死亡、姐姐瘋掉、兩次差點讓他死掉的住院、患有糖尿病；最近被診斷有癌症，正化療中。

對他，人生不在獲得，只求倖存。他說他痛恨聽到人家說「離開舒適圈」、「勇於接受挑戰」。他人生的「挑戰」都是不請自來的。

很多時候，只有兩種選擇：堅持下去還是自我了斷。他選擇前者。他低下頭，深情地看著孩子，說：「大概是因為他吧。我還在這裡。」

我望著電腦螢幕發怔，突然不知道要開什麼藥。

換位思考

看完上個病人，我離開座位去洗手。

下一個病人——六歲的小男生衝進來，就往我的座位一坐，開始摸索鍵盤、打開抽屜。他決定不走了。媽媽滿臉抱歉，但我叫她不必介意，我坐到原是病人坐的椅子，開始看診。

離開原本的「舒適位置」，我下意識就可以完成的例行動作：觸診、聽診、拿壓舌板、耳鏡……變得拘謹，需要一點探索。

孩子顯然很滿意這樣的安排，順服地聽我指令。看完診，高高興興跳離座位，點頭對我說謝謝，媽媽臉上露出微笑。

坐在病人椅子上看診，我好像擁有一個嶄新的視角，比較能夠想像病家的痛苦、想望、害怕，和期待。

反其道而行之。暫時逃離日常工作機械反覆的本質，發現人生充滿興味。

我對孩子說，下次我會把聽診器給他，叫他聽聽我的心臟。

拍立得

新年期間，我們全家五口到一家餐廳用餐。太太是當月壽星。上完甜點後，服務生送上一份點著蠟燭的蛋糕，拿出拍立得相機，為我們拍了一張全家福照。相片立刻就洗出來。我變老了，但三個孩子以驚人的速度成長。感傷中有安慰。這才發現，我們全家已經很久沒有這樣一起好好照張相了。

我想起實習的時候有一次在病房值班。一位進行緩和醫療的老太太，正走向她生命的殘冬。隔天就是她的生日。但家人住得有點遠，無法趕來。她脾氣好，一點也不抱怨。但仍可以看得出她的落寞。

幾位護理師和醫療團隊，決定給老太太一個驚喜，弄來了蛋糕、蠟燭、甜點、氣球，還有一張病房全體醫護人員簽名的大卡片。生日當天，我們一起圍在她的病床旁唱生日快樂歌，老太太喜極而泣，病友也紛紛跑來湊熱鬧。其中一位護理師，拿出拍立得相機照了許多相片送她，權充她床頭櫃的擺飾，老太太驕傲地把相片秀給其他的病人看。

幾天後家人趕到，看到照片也備感溫馨，直誇醫護人員用心。

我不照相，但我用熱切的眼睛，以筆和紙，殷殷的書寫困阨人間的小小善意，讓記憶顯像。

雖不能從此脫離苦海，像拍立得相機對老太太所做的，我覺得不那麼孤獨了。

當一個「好病人」

我注視著一個定期回診的八歲男孩的眼睛，問他現在幾年級了。

孩子皺著眉、嘟著嘴，轉頭對媽媽說：「你看，他又來了。每次都問我同樣的問題。」媽媽趕緊對孩子說：「醫師很忙啊。哪記得哪一個人幾年級？你要乖乖做一個好病人。」

我想起年輕時，有次打籃球「過人」，大腿直撞上防守球員的膝蓋，當場倒地，無法動彈。救護車人員到場時問我：「怎麼發生的？」、「在哪裡被撞到的？」、「痛哪裡？」我一一熱切回報。然後被抬上擔架，送到醫院的急診處。

同學幫我推個輪椅，掛好號，檢好傷。一位護理師過來問我：「怎麼發生的？」、「在哪裡被撞到的？」、「痛哪裡？」然後就把我放在急診室的中央。

等了不知多久。放在大腿上的冰袋已經融化，還沒有人來看我一眼。我感到被拋棄，大聲咒罵：「這是XX的怎麼一回事？」總算引起一些注意。另一位冷靜的護理師，走過來對我說，這裡不可以罵髒話，我只好道歉。

她把我推到一個僻靜的角落，問我：「怎麼發生的？」、「在哪裡被撞到的？」、「痛哪裡？」她安慰我，醫師就在路上。

等了約半世紀（十分鐘），我又開始唸唸有詞之際，一位年輕醫師終於出現，向我道歉，問我：「怎麼發生的？」、「在哪裡被撞到的？」、「痛哪裡？」

要講幾遍才會被聽到？我的焦躁、我的怒氣，我發誓「下次再也不要來急診」的挫折感，在他迅速幫我打了止痛針後才慢慢平息。

我趕快搜索抽屜，找幾張可愛的貼紙送這位孩子。當一個「好病人」真的很不容易。

適時告知病情

曾經遇過加護病房有一位小病人，病情來勢洶洶，沒幾天就急轉直下，過世了。醫師忙著在孩子身上「施工」，處理孩子的生命徵象、計算體液平衡、判讀影像、安排檢查、會診……忘記跟家屬回報病情。

幾個月後，家屬提出抱怨，但不是質疑診斷治療失當。媽媽說：「在孩子急救之前，我們在餐廳用餐，都還以為孩子的狀況是穩定的……」

「如果我們早一點知道孩子病得那麼重，我們就會留在那房間陪他，對他說話……」顯然家屬毫無準備病人會死，沒有人願意花點時間停下來告訴他們，孩子病得有多重。從病歷也發現，病人是幾個小時內逐漸惡化，醫師大有時間可以告訴家屬的。

住院醫師說：「一是沒時間，二是病人的爸爸身上刺龍刺鳳的，讓人好生畏懼。」

疾病會「傳染」給病人的至親，造成他們情緒上極度的惶恐和不安。家屬看著親人在受苦呻吟，卻得不到半句解釋，常常是醫療糾紛的源頭。

有時候我們往往怕病人家屬態度粗暴、話太多，或問一些尖銳易激怒人的問題，而裹足不前。

但再怎麼忙，告訴家屬病人的狀況都是值得花的時間。

要把自己最愛、最寶貝的孩子生命交到一個陌生人手上，對雙親來說，是世界上最大的煎熬。無論是好是壞，適時即時向父母報告孩子病情，伸出撫慰的手，說出溫暖的話語。

會讓這個煎熬變得容易忍受一些。

超越這階段

一看完診，我請護理師阿姨送上貼紙，但這個五歲的孩子搖頭。媽媽說：「他已經超越這階段了。」

有一次我到內科病房，看到一位老伯與住院醫師爭吵。原來老伯堅持要會診牙醫師，幫他失智末期只能靠鼻胃管餵食的老伴裝假牙。

有點傷感。我心裡想：「她已經超越這階段了。」

今天晚上準備醫學會的報告，七時許才忙完要回家，碰上年輕醫師同儕還埋首辦公桌前。我稱讚鼓勵他，現在雖還是助理教授，你這麼努力，很快就可以升副教授、教授的。

他對我說：「您已經超越這階段了。」頗有羨慕之意。

也是，我還窮忙些什麼呢。我想到下禮拜一A醫師的惜別會。大我沒幾歲，滿頭黑髮，看起來還很年輕。上一次我轉診給他的病人，他看得和十年前一樣好。

五十歲之後，退休和政治及宗教一樣，一直是個敏感的話題。同事偶爾提起時，我閉嘴、低頭，快步走過。我害怕病人對我說我這「產品」已經過了銷售有效期限。

所以自我警醒、專心看病，微笑應付病人半夜的召喚，該交的論文一點也不能少，時時對自己做「適任性評量」。努力把自己「保留在現階段」、「陳力就列」的理由是不夠勇敢，不知道自己離開醫院，還能做些什麼別的？

A醫師會說些什麼呢？

「可以到處走走，拜訪好友，投入自己的興趣，多花一點時間陪陪家人，含飴弄孫……」其實他想說的是：給年輕人更多機會，超越這階段，尋找另一種人生。

行醫偶拾

1. 離病人越遠，離法院越近。
2. 不要抄「捷徑」，因為那是在自尋「短路」。
3. 外表看起來最健康的人，體內可能有最嚴重的病理。
4. 喋喋不休的病人，可能有很重要的事要告訴你。他只是不得要領而已。
5. 碰到一個你不知道怎麼治療才能幫他的病人時，記得要對人家好一點。
6. 問診的時候，不僅是說：「你怎麼了？」還要問：「對你來說，什麼是重要的呢？」，並且讓他知道：「我是你的醫生。為了照顧好你，請你告訴我任何關於你的疾病我該知道的事。」、「因為這對我很重要。」
7. 找到「故事感」，就可以尋回行醫的初衷。
8. 花蓮太魯閣，有婉轉的鳥叫，唧唧的蟬鳴，和海水拍打岩壁的聲音，如交響樂般層層相疊，在峽谷中和諧共存。那是你在完全沉靜的時候才聽得到的。在診間也該「多聽少說」，才能聽出病人最驚奇，最不可思議的聲音。
9. 面對不可理喻的病人或家屬，不要只是納悶：「他這個人怎麼搞的？」而要順便問一句：「他曾經發生了什麼事？」

10. 我叫學生上台，用六分鐘的時間，說一個他最難忘病人的故事給大家聽。眾人輪流上台，一個故事撞擊著另外一個故事，撞擊出對病人的悲憫和共感，以及帶點詩意般的祝福。

11. 看病的時候，不要計較多花一點時間和病人說話。醫生開的任何藥，「半衰期」只有幾小時，藥效很快就消弭於無形。醫生對病人說的話，卻像鈾－二三八一樣，「半衰期」很長，甚至影響他一輩子。同樣地，醫生在醫院的「職位」來來去去，但他和病人之間的「鍵結」會持續存在，且歷久彌堅。

觸霉頭

年輕的媽媽帶著三歲小女孩回診，她五歲的哥哥一起跟來。媽媽抱著女兒，憂心地說：「三天前帶她看過急診，約今天回診。現在她還在燒呢。」

哥哥這時湊過頭來說：「急診是什麼？急診在哪裡？」

我說：「就在兒童醫院的正對面啊！」

哥哥說：「我從沒去過那裡。」

媽媽聽了大驚失色，趕緊叫兒子：「呸呸呸，你給我敲木頭。」

醫學與迷信是奇怪的一體兩面。

以前在加護病房實習時，如果看到病人奇蹟似地生還，我們通常默不作聲，害怕一說出來，命運就會反轉。病人在診間忌諱跟我們說「再見」，我們也謹慎地不敢講「治癒」這兩個字。

我害怕向病人說：「你是我最喜歡的病人」，怕噩運會降臨他頭上。

醫學有限，人生無常。

有時候，我會拋棄自己的理性，相信任何可以保護病人的「儀式」與「禁忌」，靜靜地給他一個祝福的擁抱。

撈過界

一位阿嬤時常帶著她的小孫女看我的診。孫女好多了，可是她自己卻咳了兩、三個月沒有好，問我可不可以看她。

病人已經在眼前，無法拒絕。我把她的病歷號碼輸入電腦。病歷上顯示她有糖尿病、子宮脫垂、頸椎骨刺還動過手術。最近看過一般內科和胸腔科，胸部X光片和肺功能都做了，仍然咳到晚上睡不著。

她佝僂著身子、滿頭白髮，竟僅大我一歲（天啊）。原來她和兒女都早婚，已有三個孫子孫女，都是她照顧。累是累，眼神裡有種熱鬧溫馨的滿足。我幫阿嬤做了理學檢查，開了些藥，希望不要幫倒忙。所幸吃了我的藥後，她好多了。有些疾病本來就不受年齡宥限。

或許以前太忙了。我像透過一個牆壁上小小的窺視孔看「病」，對病家活著的現實世界一無所知，對病童的主要照顧者關懷太少。或許是害怕看到比疾病更黑暗而我卻無能為力的東西？

兩個結論：

1. 我已經可以當阿公了。
2. 我決定以後要偶爾「撈過界」。

無聲的感動

一年多前，病房住進了一個四歲小女生。高燒皮疹，渾身紅咚咚的，什麼病都可能。孩子語言發展遲緩，不停哭啼，對陌生人極度懼怕。媽媽瘖啞，爸爸是只會說簡單英文的外籍勞工。

他們有那麼多疑問、那麼多懼怕、那麼多不確定說不出來。任何安慰的話語，都聽不到。

每天查房時，媽媽手上拿著一個筆記本，寫下孩子的狀況要我看。我在紙上把醫學術語翻成淺白的文字，媽媽和我把筆記本遞來遞去。

我「告訴」她，孩子會得到妥善的照料，為孩子照會了心智科和復健科。

孩子高燒始終沒退，心臟超音波顯示孩子的冠狀動脈有點膨大。後來證實是川崎症。除了看病，開檢查單和給藥，我還要負責寫字。這下有得寫了。

孩子住了十天，總算痊癒。從原來害怕我靠近，到出院時主動要我抱。

出院後迄今，孩子在我的門診追蹤，依然體弱多病。媽媽罹關節炎，坐輪椅不方便，有時候是由姑姑帶來。但姑姑也是瘖啞人士，孩子周圍的大人都是。

在門診，筆記本變成一張一張的紙條。他們在家裡已經寫好。我們依然在紙上一問一答，孩子乖巧地任我聽診檢查。

我大費周章在紙上往返說明需要再抽血，寫字的速度有限，只能用簡約的語言，媽媽仍然很多地方不解其意。再下一次回診看報告，我暗自叫苦，正準備要大寫特寫。令人驚喜的是，社服部請來了位手語翻譯阿姨。

我把報告印出來，在不正常處註記，向阿姨解釋，再由阿姨用手勢，傳達給媽媽「聽」。阿姨和媽媽的手像春天的輕紗迎風搖曳。媽媽露出溫暖的笑容，孩子靜靜地在桌上繪著圖。

我順便請阿姨問了家裡的經濟狀況、社會支持系統、孩子的學習情形及語言發展。認識這麼久，我竟知道得那麼少。

我仔細看著他們比劃。媽媽道出了用紙筆難以說出的、內心隱密的情感。我聽不到，卻很感動。沒想到靜寂無聲，也可以很溫柔。這家人原本陌生的世界緩緩向我開展，孩子和我的距離拉得更近了。

下回還要請阿姨來。

一切終究會變好

被媽媽背著的三歲小朋友，一直要進來診間給我看。媽媽說他太吵了，只好把他綁在背上。

孩子在候診室跑來跑去。不受管束，跌倒、撞傷了嘴角，媽媽無奈道這已不是第一次，上次是額頭。他體弱多病、生長遲緩，從嬰兒時期就在反覆住院及門診之間往復。

或許是看我太多次了，每次進到診間，孩子看到我便沉靜下來，順服地讓我完成看診的各項儀式。摸摸肚子、聽聽胸部、檢查耳朵和鼻子、看看喉嚨。一樣也不能漏，他堅持。

孩子嗯嗯啊啊的，不太會說話，定期在復健科、兒童心智科作評估追蹤。媽媽向我訴說活在大家庭的甘苦。說婆婆常常數落她，怪她把孩子帶成這樣。不禁眼眶泛紅。

「醫師，你真的覺得他有問題嗎？」媽媽說：「心情好的時候，他還是會叫爸爸媽媽呢，我覺得他還好啊。」

孩子把他手上的玩具車慷慨地遞給我，然後指著貼紙盒，要我給他一張貼紙作為交換。我摸摸他的頭，和他的眼神交會。他笑了，笑得那麼燦爛。我知道他聽得懂我，我們是好朋友。

「一切終究會變好的。」我告訴媽媽。

不只是安慰，我真的相信。我頂上的白髮跟滄桑的語氣，發揮了一點作用。

這是我唯一不遺憾變老的時分。

養蜂人家

一對父子來看診，是勤樸的養蜂人家。

念大學森林系，準備子繼父業的獨生兒子，最近被蜜蜂叮到小指頭，竟然引發全身性過敏，差點休克。爸爸指著自己身上無數個被蜂螫的傷痕，說：「我從來也不會像他這樣。」

我開立了Epi-pen[21]以備急救用。但這樣不夠。爸爸聽說「減敏治療」可以預防蜂螫到以後的過敏性休克，問我可不可以幫他兒子做。我說國內目前沒有那種製劑。

他風趣而健談，娓娓陳述他如何發跡，從小小的蜂農，勤勤懇懇，到現在，成為頗具規模的企業主。「連蜜蜂也逃不過生活的衰敗，數量越來越少了。」他說。

「醫師，如果你能把我兒子治好，我會定時把上好的蜂蜜送到您府上。」

我立刻開始著手向衛生署「專案申請」從國外進口。

21 Epi-pen，筆型腎上腺素。

永不放棄

在我門診追蹤的一位五歲小女生來到了診間。

在她三歲的時候，健兒門診的醫師告訴媽媽，她頭圍比較小、發育比較遲緩、話比較少，並聽到一個輕微的心雜音，建議轉小兒遺傳科檢查。

媽媽完全不能接受。她只覺得，除了當孩子做錯事被糾正的時候，情緒會比較激動外，沒有什麼太大的異常。遺傳科專家懷疑她可能得了某種染色體異常或者症候群，建議抽個血檢查。

媽媽完全不能相信，但她仍照做了。

抽血結果回來，「我們不能確定說她有某種遺傳症候群。」醫師說。「但是我們也不能說她沒有。」總之她就是不正常。媽媽對孩子的觀察、自信徹底被摧毀。

媽媽開始帶孩子到復健科、語言治療科、兒童心智科去上課。媽媽親自教她認字，與她對話，買很多拼圖給她玩，準備很多自然與科學雜誌給她翻。同時，自己也閱讀許多有關智力理論、學習障礙的書籍。上窮碧落下黃泉，只為辯護：孩子是正常的。

兩年後，孩子來看我門診。看診前懂得問好，看診後知道感謝。對答如流，活潑而乖巧。語言舉止遠遠超越一般五歲的小朋友。

我看著媽媽的努力開花結果。原來，決定孩子未來將成為什麼的，不是遺傳學家、不是語言病理學家，也不是兒童心理學家。

是孩子自己，和背後那位永不放棄的媽媽。

這條路上我陪你

「陪伴」是醫師能給病人最好的禮物。

當醫師的，應該承認極限、傾聽對話，使病人不感到被遺棄；

要告訴病人說：「找出毛病，讓我們一起面對！」

這樣，病人即使得了「不治之症」，也會相信「這不是世界末日」。

打桌球的好處

剛過掛號截止時間。我看完病人，離開診間。在報到處遇到一個爸爸，帶著孩子氣急敗壞地對著護理師咆哮：「我的醫生跑哪兒去了？」

原來是隔壁診的病人。醫生以為病人看完，先離開了。

爸爸身形魁梧，胸肌發達。他怒道：「我上次來早了，等兩個小時。這次學乖，只稍微晚一點到，就看不到他，豈有此理？」

我只好緩頰說：「這位先生，病房有一位病患需要緊急處理，所以醫師上樓探視去了。」

想不到護理師在旁竟說：「可以改掛林醫師啊！」

我躺著也中槍，只好點頭說：「是啊！我願意看看您的孩子。」

爸爸怒氣難消，勉強同意改掛我的診，有點「沒魚蝦也好」的意味。我帶父子倆進入我的診間，打開燈光，重新開機。尷尬的氛圍，山雨欲來。

突然，我注意到爸爸穿著繡有Nittaku（桌球用品廠商）字樣的運動衫。於是微笑對他說：「你是打刀板，還是直拍？」

爸爸一臉訝異，態度明顯軟化下來。他萬沒想到在這兒會遇到一個打桌球的同好。

和我一樣，他打直拍檜單。我們開始聊桌球；我們各自讚頌心儀的名將；改成40+大球後的不利衝擊；要怎樣接發球；如何才能把球發得轉……

我估計他的桌球實力，約在USAT Trating（一種美國桌球協會用來評定選手實力的標準）兩千出頭分。我們應該有得一打。

爸爸說：「最近虎頭山關了。你可以到我們球館打呀。我泡茶給你喝……」

我們相談甚歡，孩子被晾在一邊。最後爸爸終於想起他原來要看的醫生：「唉！誰不希望自己的孩子被好好照料？但是我也不對，看病本來就該有輕重緩急……」

他沈默了一會兒。繼續說：「希望醫生上病房照顧的那個孩子，能夠安然無事，度過難關。」

「一定。」我說：「一定會的。」

開藥與揮別

昨天下午，一位二十二歲的女性走進我診間。

「醫生，這次藥可不可以開久一點？」她問。我從小看她長大，她有嚴重的過敏。風急火燎的蕁麻疹，間歇有過幾次敏性休克發作。

生活有點艱難，藥物不能須臾離，檢驗結果也無法解釋她為什麼過敏得那麼嚴重。

但她總是規則回診。病人和醫生相處久了總會有一點感情，一種我們稱之為「信任」的東西。病人不知道，對醫生而言，這種「信任」有時極其脆弱而充滿條件，以至於我們常常辜負他。

如果有鏡子，我想我最熟悉的應該是自己愛莫能助的表情。

她從小就對我說，她的志願是做一個船員。她努力奮發，考上海洋大學。畢業後，成為遠洋漁船的舵手。往往一出去就是半年。她的發作雖然變少，規則用藥還是需要的。

這次她已經超過半年沒來，我想開連續處方箋給她，但電腦無情，用紅字把我鎖住。我只好叫她去結帳櫃台問問看，像她這樣「出海」，可不可以一次就拿三個月的藥。我不抱希望。

過了二十分鐘。她滿心歡喜地回來對我說，櫃台同仁跟藥局協商，只要林醫師同意，藥師就可以解檔，讓她拿三個月的藥。他們大可只照規定行事的。素昧平生，他們為她詢問，他們為她破例，不為什麼，沒有條件。我的心頭升起一股暖意。

過幾天她又要出發了。海上雲淡風輕，遠離塵囂，過敏應該會好些吧。

對我來說，難的永遠都不是開藥，而是揮別。

s-t-e-t-h-o-s-c-o-p-e

今天下午門診，媽媽帶著八歲二年級的女兒求診。老病人，熟悉的面孔。

我只知道他們住桃園，媽媽有著濃濃的大陸口音，都是週六來，沒看過爸爸。一到二個月回診一次，規則追蹤近六年，但近半年沒回來。

我記得女兒從小乖巧聰穎、多才多藝。每次進來診間，必先問候：「護理師阿姨好。醫師叔叔好。」媽媽會向我炫耀孩子代表學校去參加什麼比賽、得什麼獎。說她數學好，英文更好。她上幼稚園中班時，我曾指著掛在頸上的聽診器問孩子：「這東西英文怎講？」

她毫不遲疑地說：「stethoscope。」

「s-t-e-t-h-o-s-c-o-p-e」，她拼得一字不差。我還清楚記得她發「th」音時，把舌頭放在上下牙齒中間的可愛模樣。

這次，孩子過敏症狀復發，我一如往常準備開藥。

媽媽說話了：「醫師，藥可不可以備多些？這可能是我們最後一次來，要回大陸了。」

「怎麼了？她爸爸呢？」我問。

「早就分了。我在外面租房子，做好幾份工作養她。最近真的撐不下去，我要帶她回老家，廣西桂林。至少家人可以幫幫忙。」

我一陣錯愕，不知道該說些什麼。

「大陸那邊的醫師，每次去看都給孩子打針，又好貴。不像您，藥少卻有用，有時候還免費看我們。醫師有空，歡迎到我那邊玩，一定好好招待您。」

我抱了抱孩子，不知道該說些什麼。

嘆息，自責。看這麼久的病，我都不知道孩子的家庭背景，直到要分離的今天。

媽媽竟還感謝我。

閒聊

阿公阿嬤按月帶一位三年級男生回診。孫子狀況越來越好，兩位對我信任有加。

小學生初診時，我習慣會問：孩子念哪一個國小？一班有幾個人？

拜少子化所賜，一般我得到的答案都是二十幾個，然後一個年級約五到八班。

這個阿公的答案差點讓我的聽診器掉到地上：「他們班有十三個人，一個年級只有一班。」孩子讀的是大埔國小，在龜山鄉的振興路上，離長庚球場很近。

我對阿公說：「我知道那條路。」

阿公立刻問：「醫師，您應該常去打高爾夫吧。」

有點尷尬。我打的是大小相仿，但比較平民化的乒乓球。那是我前往虎頭山球館必經之路，陰暗、偏僻，沿路盡是廢置的工廠、蕭條的店家、民生凋敝的景象。每每敗戰後鎩羽而歸，星月無光，只有我和我的Camry孤獨馳騁其上。夜色淒迷。那樣的地方能住人嗎？經濟應該很拮据吧？孩子的爸媽呢？

「老師很認真教，每個孩子桌上都一台電腦，不需要用黑板。最近才六十週年慶呢！」阿公對孫子的教育顯然很滿意。

我心想：窮鄉僻壤，如此熱心的教育工作者，堅持這麼久，這真是一個了不起的小學。

我向阿公說：「那條路車很少，但我可是吃了不少超速罰單呢。」阿公立刻拿起紙筆，把到虎頭山沿路所有的測速照相機所在都畫給我看，並提醒我離長庚球場最近的那一台，照得最凶。

我跟阿公說下次我去球館一定先繞到你家「視察」，看看環境控制做得如何，有沒有什麼可疑的過敏原。

當然也要去看看大埔國小。

阿公說歡迎。我們相視而笑，在一個晴朗的春日午後。

可以當飯吃

我在星期六上下午都有診。許多家長週間要工作，禮拜六才方便帶孩子來看。少子化的關係，現在已輕鬆多了。以前上午的病人總是比較多，有時常常看到下午診眼看就要開始，上午診還沒結束。一些下午診的病人常常中午就來了，門診護理師會跟他們說：「林醫師上午診還在看呢。」

雖然我習慣在上午診開診之前買一點水果沙拉，準備果腹，看病人的空檔就吃上幾口。有時下午就接著看下去。但我很少看到因為我要去用餐，遂蹙眉不耐的病人。

上午的病人會說：「兒子別鬧了，醫師還沒吃飯呢。後頭還有那麼多人在等。」

下午的病人則說：「你沒吃中飯就接著看下去喔？醫師真是一個辛苦的行業。」

聽到這些話，我總是感到片刻溫暖，感慨滿盈，好像可以當飯吃，也就不覺得那麼餓了。

類固醇有兩種

作為小兒過敏免疫科醫師，難免要用類固醇。或多或少，或輕或重。有的家長還好，有些則避之唯恐不及。兩種反應——問為什麼用，或是下次再也不帶孩子來了。

有一回，一位媽媽走進門診氣沖沖對我興師問罪：「醫師，你為什麼給我孩子開類固醇？」前次門診我可能忘了詳細交代用藥，用了「止喘藥」、「抗過敏藥」、「抗發炎藥物」來取代說明……

山雨欲來前的靜默。我的處境有點像曹植，但不是七步而是七分鐘之內，我得給點說法。

我突然想起每次健檢完，老趙總向我炫耀：他血液中的HDL（好的膽固醇）高達九十幾，活到兩百歲也不會心肌梗塞。

我靈機一動。問媽媽：「媽媽，你知不知道什麼叫做膽固醇？」

媽媽說知道啊，就是會讓血管硬化的東西吧。

「那你知不知道，膽固醇有兩種。壞的膽固醇加速血管硬化，好的膽固醇保護心臟血管。」

媽媽點點頭。

「這就對了。類固醇也有兩種，『好』的類固醇跟『壞』的類固醇。壞的類固醇破壞免疫力，好的類固醇保護氣管。我給孩子開的是好的類固醇。這樣媽媽清楚了嗎？」

媽媽欣然接受。

冰滴咖啡

一對兄弟，一個是氣喘，一個是嚴重異位性皮膚炎，從幼稚園開始就來看我的門診。我始終看不好，時常提心吊膽，把免疫抑制劑量提高。

每次回診，我分擔媽媽的憂心，仔細複習用藥情形。我告訴媽媽。醫學界不斷在研發，新療法也一直出現，一切都有希望。大家都不要氣餒。也像是在對自己說。

媽媽也常為孩子研發「新療法」，她後來發現，洗溫泉對孩子的皮膚很好。不時邀我到她在宜蘭開的民宿洗溫泉。果然，孩子穩定多了。藥越用越少。有時回診，我甚至沒有開藥。我也樂得把健保卡還給媽媽，告訴她不用結帳。太多次明明家中有藥，他們還是來，寧願忍受漫長的候診——他們不是為了藥才來看我的。

媽媽還送來了她先生長年研發，精心調配，風味獨特的冰滴咖啡。不知怎麼辦到的，他們遠道而來，咖啡送到我手上，還保有一種沁人心肺的甘甜。

我一飲而盡，像及時雨，溫潤了我乾涸的喉嚨。

不僅咖啡好喝，竟還奉送各種不同造型的容器。它們在我的辦公室已堆積成山，孩子的病還是沒好……

隔了許久的今天，兩兄弟再度出現我面前，一個大一，一個高一，兩個都比我高，壯碩得讓我幾乎不認得。

他們帶來了新的冰滴咖啡。送上久違的清涼，掀開塵封的回憶……他們的病都好了，可是他們的爸爸還在研發新口味。

一起看

一位媽媽因為孩子沒人帶，一個孩子生病，三個都帶來。掛上號的弟弟發高燒不舒服、驚恐、抗拒。兩個姐姐在旁幫忙哄、幫忙抓，好不忙碌。

弟弟看完驚魂甫定，沒病的二姐竟突然跳上椅子說：「換我了。」

媽媽情急想將她拉走，但她怎麼也不下來。我示意媽媽沒關係，把理學檢查的「儀式」在她身上操練一遍。她遵從我的每個指令，好像挺享受的。做完後，我摸摸她的頭，她心滿意足跳下椅子。

媽媽說：「她腸胃不大好，容易便祕。」我雖不是腸胃科，也能粗淺解釋一下便祕的成因，向媽媽做點飲食上的建議。

媽媽又問：「她背上很癢，好像皮膚會過敏。」噢，這我本行。我指著牆上那張環境與食物過敏原的海報，把異位性皮膚炎的病生理機轉翻譯成她聽得懂的話。媽媽急忙用手機拍下。

媽媽再說：「對啊！她大姐早上總是噴嚏連連，會不會有點過敏性鼻炎？姐姐，過來，醫師檢查一下。」換大姐跳上椅子，滿心期待我的檢查。她眼瞼下有色素沈積，鼻甲肥厚。

「她運動有時還會喘呢。」媽媽補充。

我向媽媽解釋「過敏性鼻炎」與「運動型氣喘」的可能相關性。事實上這是我們一位fellow正在研究的題目喔！

「醫師說我有慢性蕁麻疹。晚上全身會浮起一塊塊紅疹，我根本睡不著……」媽媽吞吞吐吐。

她問對人了。我曾在《兒童診療手冊》上面寫過蕁麻疹這一章節……

地瓜

從兒童醫院正門走到復興一路，商家林立，也是擺攤者兵家必爭之地。

當年還沒有機捷A8站的時候，我如果吃膩了醫院地下街的東西，就會轉往這裡覓食。

其中有一佝僂老翁讓我印象深刻。他明顯一隻腳瘸了，不知是先天畸形，還是外傷殘障。手臂上火吻痕跡累累。他是賣甕烤地瓜的，嗓音特別大，吸引我過去。他看到我，便說：「你是長庚的醫生齁？」

奇怪。我沒穿醫師服，也沒有一般醫生文質彬彬的臉。他就是看得出來。

「我挑幾個好吃的給你試試看。」我沒有說要買，他卻像招待遠方來的好朋友一樣殷勤。

從老翁手上接到的地瓜，剝開後，冒著煙，熱騰騰、黃橙橙、外焦內嫩，彷彿世間所有涼薄的人情都被消融了……

後來，我每天就不知不覺往他的攤位方向移動。我們聊時事，話家常，無所不談。

那時我還是年輕的主治醫師，初出茅廬，諸事不順，常覺得受了委屈，逢人便要傾訴。

這老翁生活條件並不寬裕。世界百般辜負他，卻不曾聽他抱怨。

我常邊啃地瓜邊想：儘管他堆滿笑容，乏人問津時也會望著窯裏地瓜發愁吧？我再努力購買，又能幫他多少？念頭至此，總感到一陣心酸無奈，終究只能自顧自地離開。

有一天我照例走近，只見他神色慌張，滿臉歉咎說：「先生，對不起，地瓜賣完了。」倏地，一種不可言喻的欣喜自心底浮現。那滋味比他平日為我精挑細選的極品地瓜還要甘美。

一陣微風拂面清涼。

「賣完就好。」我笑著回答。

醫師的價值

昨晚七時許欲離院，在地下一樓碰到了一個熟悉的臉孔。一位神情慌張的媽媽推著嬰兒車，快步擦身而過，車上是未滿一歲的老二。我叫住她，她認出我——禮拜天帶老大來看急診，禮拜一到我的門診回診，預約禮拜六再回診。晚上老大又被送到急診，現在在那兒留觀。

我陪媽媽走回急診，一邊搜索記憶，一邊詢問病情。媽媽憂心、困惑，但沒有責怪，反而讓我自省：孩子怎麼了？我哪裡疏忽了？可以做得更好嗎？

從兒童醫院地下一樓到兒科急診這段路，竟是如此漫長。

到了急診，我為孩子作了理學檢查。我尊敬的急診同事為孩子作了周全的血液及放射科檢驗，等待報告中。我安慰媽媽，目前看起來還OK。

我們談了孩子的生長發育，聊了一家的生活起居。離去前，我留了電話給媽媽。媽媽的愁容剎時煙消雲散。那一刻，我感到一種連結（或是一個無盡麻煩的開始？）。

回停車場途中，我思考著醫師的價值在哪裡？年輕時，以為價值就是看了多少病人、開了多少藥、拿到了多少PF[22]。現在覺得，是你真正進入了多少人的生命並付出關懷。在不經意之間，在你要下班的時候。

22 PF，是physician fee的縮寫，也就是「醫師費」。

不計成本

春節查房時，有個小病人有點遷延較久的腸胃問題。我打給胃腸科主任老趙諮詢，順便拜年。

「需不需要開一張電腦會診單？」我問。

「不用了。哪一床？我去看看他。」老趙說。

我感動得快要哭了。每個醫療處置，都有一個條碼，會診也不例外。

有一位憂心的媽媽，帶孩子來看病時，告訴我她先生得了癌症，正住院化療。我問是哪種癌？人還好嗎？孩子怎麼辦？我安慰媽媽，並與她長談。醫學有時也會變得很情緒。

「哪一床？我去看看他。」

很多醫療處置，都沒有條碼可以刷，但是我們都會幫病人做。

眼底鏡

在我門診長期追蹤的病童有些領有殘障手冊——代謝疾病、染色體異常、先天性缺陷、腦性麻痺等。每當他們的名字出現在候診名單中時，我的心就會沒來由地沈重起來，即使他們來求診的問題不大。

孩子多半病史複雜、發育遲緩、抽筋流涎。他們每次來，我在門診短促的時間，只能「以管窺天」，簡略詢問「主要的問題」。隱約有條界線似的，我只處理我能處理的。我甚至不敢問起他們的生活起居。對於他們的慢性症狀、他們人生的巨大苦難和頹勢，我無力改變分毫。我感到無助。

直到有一次我因為視力模糊，掛了眼科。

醫師的臉很貼近我的（讓我臉紅心跳），很認真地用眼底鏡看進我的瞳孔。我的視網膜在鏡頭的另一邊。

「您的網膜血管、黃斑部、視神經乳頭大致正常。」醫師說。

我感到安心。

我突然想到，在我的診間，鏡頭的另一邊應該就是病人的生活。我的「眼底鏡」就是關懷、專注、傾聽，多問一點病史，多知道一點細節。

不光是開藥，我開始「越界」——關心他們的食衣住行以及在其他專科治療的情形，給予建議。有時只是舉手之勞，卻能大大改善他們的生活品質。

一位腦性麻痺病童回診，媽媽說：「吃您的藥，他睡得著，好多了！」我慢慢學會不把慢性病人的慢性症狀視為畏途，被慢性病摧殘的病童及其家人需要更多的理解和協助。

過敏原檢查

之一

一位爸爸帶著四歲可愛女孩來抽血驗過敏原。她癢得渾身抓痕，還不時氣喘咻咻，生活品質不佳。結果出爐，我告訴爸爸孩子可能對狗過敏，他一點也不意外的樣子。

兩週後回診，爸爸得意向我報告，事情已「處理」好，孩子果真好多了。

再過兩週，換成媽媽帶孩子來，向我要檢驗報告，態度不是很友善。

我問：「上回有向爸爸解釋結果了？」

媽媽說：「那個人已經完蛋了，我不想跟他講話。醫師你知道嗎？他竟然說，不過只是一隻狗嘛。他怎麼能說出那種話呢？人要怎樣才能那樣少根筋呢？」媽媽說著，悲傷和憤怒湧上心頭。

診間尋常的過敏原檢查，也可能危機四伏。

之二

媽媽回門診看孩子的過敏原檢驗報告。

我幫孩子做了ＭＡＳＴ免疫螢光法測定，一次時測定三十六項包括吸入性、食物性及接觸性過敏原。過敏程度由輕到重，以1+到4+表示。

我將紙本印出，向媽媽解釋，孩子對蝦、螃蟹、家塵、蟎和狗屬於重度過敏。通通是4+。

媽媽很認真地問我：可不可以把對狗過敏的結果部分塗掉？因為婆婆對家裡她養的那隻狗，看不順眼已經很久了。

做自己

我在兒科實習時接的住院病人，是一個月大的女嬰，主訴是輕微的肌肉無力，以及不規則的眼球顫動。

住院醫師安排了電腦斷層，結果是「裂腦症」。我那時還分不清楚片子裡白的是什麼，黑的又代表什麼？但我知道這看起來很不正常：孩子腦裡莫名其妙多了個水袋。

「什麼是發育遲緩？」、「她會一直落後？還是長大點就可趕上？」家屬的問題很難回答。住院醫師說：「這很難說。但無論如何，她都可以做自己。」

三十年過去了，我看了不少從出生就有先天性嚴重缺陷的孩子長大。家長終會與「不確定性」和平相處。不管多艱困，疾病沒有圈限他們。孩子總有他們能做的事，他們仍會成功做到某些事，並為之雀躍不已。他們真的會勇敢做自己。

打點滴

雖然現在病人住院點滴是護理師打的，但是我強烈建議住院醫師，應該學會並熟練這一項重要的技巧。以前我在台大兒科急診或病房當住院醫師，從選點滴、準備消毒、3M、膠布、靜脈注射針管，抓緊病童，下針、固定，從頭到尾，都是單人操作。

一開始當然常常出醜。但練久了，臉皮厚了，功力也增強不少。想起太太二十年前在UCLA[23]婦產科住院，年輕護理師屢打不上時，我就自告奮勇，並一舉成功。那是太太唯一覺得沒嫁錯人的時刻。孩子幾天沒進食了。

我用溫柔而堅定的手抓緊他的手臂，仔細觸摸可下針的靜脈，毫不猶豫刺入，測回血，穩住針頭，推軟管，貼上膠帶，小心固定，在孩子手臂下墊個枕頭，抬頭調整滴速……

媽媽看著救命的輸液注入脫水衰竭的孩子身體，原本對我心存懷疑，現在變得感激，心想：「這醫師對我們真好，親自打針。」連媽媽快要休克的焦急心情都一併治療了。

醫師合理、熟練的動作，有如及時雨，同時療癒了病人和家屬，勝過絮絮叨叨的解釋。下次碰到不太好搞的病童家屬，請親手為孩子打針吧，但記得先把功夫練好。

23 UCLA，指美國加州大學洛杉機分校。

少男的初戀

小學五年級生，慢性氣喘，固定每月回診已經好幾個月；他的最大呼氣流量紀錄是一條令人安心、遠高於危險值的平行線。我決定開慢性處方箋，媽媽點頭，但孩子表示抗議。他希望維持每個月看我一次。

我暗自高興，怎麼有人那麼愛來看我？

這孩子極有藝術天分。每次他總是不怕麻煩，堅持帶他的創作與我分享，不停讓我驚喜。改成兩個月回來一次，其實我也滿不捨的。

孩子指著電腦螢幕問我：「醫師，我能不能問您那個三十九號陳X珍是得什麼病？」一個年紀和他相仿的女孩，和他一樣可愛，固定按月回診的氣喘病童。

媽媽說：「你不會自己問她？我們每個月回診都會碰到她。」

這時男孩雙頰泛紅。

暫時還是一個月回來一次好了。

路障

回想見習醫師年代。有時，主治醫師遠在天邊，住院醫師和實習醫師則忙得無暇他顧。有一次到病房報到。總醫師要我找A醫師，只見A醫師「面有難色」，說了一聲：「噢，我知道了。」沒怎麼理我。

「你何不到B醫師那邊去看看？或許有些精彩的case。」過一陣子，A醫師說。

B醫師正和護理師爭辯著什麼。見著我，「面有難色」。兀自氣著，默默在病人身上施工，把我當空氣。我轉向C醫師……

我有點多餘，有點礙眼，像時下流行的名詞：「路障」。我開始打游擊，這裡學一點，那裡懂一些……

義大利國寶級作家安伯托艾可的父親小時候家裡貧窮，只能勉強度日，買不起書。他只能去書攤旁站在街上看書，書攤主人見他流連不走，「面有難色」。他父親就走到下一個書攤，繼續他未讀完的部分，如此依序下去。

那是安伯托艾可生命中最珍貴的畫面。父親鍥而不捨的閱讀追求，是他童年的印記。

盡責的阿嬤

雙薪家庭大行其道。沒想到這也影響我這一行，例如白天查房時總是碰上阿公阿嬤照顧住院的孫子。

他們不多話、友善、不斷點頭，不太在意我如何解釋病情。有的關節已不聽使喚，卻陪睡在病床旁，比父母更無微不至地照護孫子……

門診有一對祖孫。男孩小學三年級，有點智能障礙。父母親早早放棄，但祖母沒有，她帶孩子上課，並定期回診。

她已經七十幾歲高齡。五年前得癌症以後，身體越來越差。有一次她帶孫子來看我。佝僂著身子，有點喘，感覺十分虛弱。她說自己已一陣子沒吃藥了。

她的症狀明顯比孩子嚴重。她自己該看的診沒去，孫子的診卻從來沒錯過。

我趕快請護理師帶她到報到櫃檯量vital sign，必要時得送她去急診。

可是她身旁只有這個什麼都不懂的孫子，要怎麼照顧她？

幸好她休息一下後好多了。我調出她的病歷，檢查她的用藥，一一仔細解釋，並幫她掛回原來的醫生。

「醫生，我耳朵比較重，請您再說一次。」

什麼？阿嬤您說什麼？我有點錯愕。我提高兩倍音量，她還是有些聽不清楚。

我想起以前她那些禮貌性的點頭，不違如愚的微笑。她一定也聽不清楚我給孩子的醫囑。但她很少向我抗議，我竟絲毫不察。

終於，阿嬤和孫子都診視完畢，我這次確定她全聽進去了。她輕輕拍著孫子的頭：「快謝謝林醫師。」

「謝謝林醫師！」孩子大聲說。

「叫你說，你還不快說？」阿嬤斥責他。

「阿嬤，我說了啊！」孩子委屈。

手機的功能

手機功能無遠弗屆的時代，一位媽媽想用它來告訴我孩子幾天前身上的疹子長什麼樣。媽媽手指急切地滑著，一張一張家庭生活剪影呈現在我眼前。

「這是在哪照的？」我好奇地問。

「哦，這是他畢業典禮和兩個好朋友的合照。」

「這是他的水彩畫，醫師你看他畫水中的倒影，老師讚不絕口呢。」

「那是他的科展海報作品，很酷吧？」

「上次去波士頓他老爸帶他去紅襪Fenway Park看棒球的票根。」下一張……

媽媽滔滔不絕地講，就是找不到她想要給我看的，有關她孩子疹子的那張照。

還不知道孩子生什麼病，但我知道他有一個溫暖的家。

病人教我當醫師

白色象牙塔裡的每一天，有太多教科書沒教、也教不了的事。
與病人一起長期追尋「隧道盡頭的微光」時，面對他們無法改變的人生，
我有幸向這些堅毅的生命學習「人間相對論」。
醫學院教我醫學，但病人的生命故事教我如何成為一個醫師。

孩子的「乾爸爸」

我的住院病人名單上多了一位十七歲武陵高中女學生。從小就反覆住院。這是她的第十九次。前十八次都是王醫師看的。

王醫師是我多年球友兼同事。已經離開長庚多年。這次孩子生病，媽媽打電話給王醫師。王醫師叫她找我。

媽媽說，王醫師是孩子的「乾爸爸」，講起王醫師時，無限感恩：孩子深夜住院，王醫師會趕來探視；門診滿額，王醫師讓她加號。

媽媽說，王醫師從不吝於多花一點時間解釋病情。她甚至懷念她不遵守醫囑時，王醫師正色斥責她的嚴肅表情。

我感到雙肩沉重。孩子病況突然複雜起來。

為了一個可疑費解的症狀，我打電話給王醫師：「什麼時候一起打打球……？」聊著聊著才切入正題：「對了。您的乾女兒住院了。」

王醫師果然對這孩子如數家珍。我的問題迎刃而解。

從聊天得知，從牙牙學語開始，王醫師充份參與了孩子的成長：她的跌倒再站起；她的挫折與驕傲；她每個展翅飛翔的里程碑。

我以前常笑王醫師「不識時務」，看病那麼慢，是要怎麼「賺吃」。

王醫師說，當他不再專注聆聽病人，寫病歷的字跡有些凌亂，為了趕最後期限而亂打報告時，他就會看到他以前在日本的啟蒙老師以嚴厲的眼神瞪視他，在他抬頭三尺的地方……

以前我時常照會他，感覺他有點像古代好整以暇，騎在馬背上風塵僕僕四處往診的鄉村醫生，我則是替他開道的馬伕。

現在，我如大夢初醒。

看病的時候。醫生開立的任何「處方」，半衰期總是很短，藥效很快就消弭於無形。但醫生給病人的「影響」卻很持久。甚至終身存在。醫生在醫院間的「職位」來來去去，但他和病人之間產生的「鍵結」會持續存在，且歷久彌堅。

王醫師慢工出細活。他不但治療疾病，也深得人心。他花費的每分每秒都有價值。

門後面的故事

一位阿公帶孫子來看病。孩子沒事了，阿公卻滿臉倦容。問起居家生活。孫子爸媽都跑了，他有糖尿病合併周邊神經病變，雙腳沒有感覺，還得照顧一個患躁鬱症的老伴，常常遭她沒來由毆打痛罵。

他說他不怪她，因為他愛她，說著說著竟哭了起來。

我告訴阿公，他有一顆溫暖的心，問題我們一個一個來解決。我問了新陳代謝科和精神科的朋友，請他們幫忙。

當病患敲診間的門，我知道門後面有一個故事。門後面的那個人需要一個可以信任的嚮導，告訴他問題會迎刃而解，一切都會沒事。

服老

有時查房還是滿逞強的，病人散布在七到十一樓。住院醫師說：「老師，等電梯吧！」「我們走樓梯。」我會堅持。然後努力掩飾自己的喘息。

辦公室永遠擺著兩個啞鈴，體積滿大，四百五十磅，幾可亂真——可攜式、塑膠的、充氣的、唬人的。倒是收藏了一個小小的、真正的啞鈴，只練右手，其他肢體都殘弱不堪。目的是使和你握手的人，誤以為你有練過，你是職業選手，你還行。然而，殘忍的事實是——在公車上一個年紀與我相仿的女人說要讓我坐，幫我拿袋子。

明槍易躲，老態難防。

到了我這個年紀人生還是充滿考驗。對抗歲月的重力，時時刻刻得想辦法飛起來。

回台大醫院開會（以後當盡力避免之），遇到一個疑似「同梯」的，他熱絡地叫著我的名字。他說我當兒科住院醫師時他是外科，現在開診所，自己不看病了。

我們互相稱讚彼此看起來還年輕，並樂於沉浸在這種假象裡。然後他便說了很多當年跟我一起幹的，轟轟烈烈的共同往事。神采飛揚、無限陶醉。年輕真好。

從那時候起，直到現在，我一直努力在想他到底是誰。

幸福就是生活不必時時恐懼。從從容容，敢於老去。

那麼一、兩個

深秋下午的一個門診，一如往昔般忙碌，我百事纏身，無心戀戰。腸胃炎、鏈球菌咽喉炎、中耳炎、流行性感冒、鼻竇炎……這一時節頗不安寧。

「他需要多一點水份」、「多休息」、「他不需要抗生素」、「他最好開始吃抗生素」、「我們做個抹片」、「我們抽血照個片子」……我在不同的時間對不同的人讀著相同的劇本。

一位媽媽抱著一個兩歲的男生進來，主訴這一兩天一直嘔吐無法睡覺。今天我已經看過八個跟他症狀一模一樣的孩子。可是他會喘、心跳很快、活動力非常差。這個不同。

我告訴媽媽：「你必須帶他去急診，現在。」

媽媽去了。孩子心電圖和X光都不正常，診斷是急性心肌炎，後來住進加護病房。

我開始回憶：先前那八個是怎麼看的？門診川流不息。大多數的病人是得了自限性的疾病，只需要一點點的藥物，靠自己痊癒，只要向憂心的家長解釋，多半可以放回家。但是他們之中，就是會有那麼一、兩個，症狀表現和其他人一模一樣，卻是比較嚴重的病。

要盡一切可能避免那一、兩個被miss掉。雖然理學檢查正常，我還是會多問兩句、多看幾眼，然後盡量「耐煩」，保持態度和善。因為我知道：恐怕不只「那麼一、兩個」。我一定放回去了許多不該放回去的病人。我隨時等著他們回來「興師問罪」。

不用檢查

四十歲女性，溫暖而慈祥，常常帶著兩個小孩來給我看，幾個月前懷了第三胎。她已是高齡產婦，我提醒她要做羊膜穿刺。

她正色說：「為什麼要做？」

我答道：「這樣才能排除唐氏症的可能。」

她說：「即使穿刺結果是唐氏症寶寶，我還是要把他生下來。」媽媽相信，每個孩子自有他的福分，唐氏症寶寶仍懂得回報愛，仍是可貴的生命。

我想起洋基隊史上最得人心的游擊隊長——戴瑞克・基特（Derek Jeter）。

基特上場打擊，身體積極前傾，腕臂暴露在本壘板上方，常被快速內角球擊中。

防護員說：「去醫院照個X光吧。」

基特說：「為什麼要照？」

防護員說：「照X光才知道骨頭有沒有受傷。」

基特說：「受傷又怎樣？不管醫師說什麼，我都還是要上場。」

幾個月後的某天，這位媽媽抱著一個活潑、可愛、充滿好奇、健康的小baby到我的診間要打疫苗。想著小baby的微笑，那天晚上我睡得格外安穩。

順便

昨天門診接近尾聲的時候，龍潭的謝醫師轉診了一位高燒五天不退、腹痛、下肢紅腫的小朋友過來。

我看到小朋友活動力不太好，建議住院。可是爸爸媽媽和阿嬤全部面有難色，默不作聲。我定睛端詳，這才看到媽媽大腹便便，好像就要臨盆的樣子。

「第三胎。」媽媽說：「就這幾天了。」她想回去給定期幫她作產檢的婦產科醫師接生。我完全理解，只好先幫孩子抽血驗尿檢查排除緊急狀況，請急診醫師判讀決定要不要住院。

今天查房時我發現，孩子終究還是住院了，燒已退，在床上嬉戲。

爸爸說媽媽昨夜守著孩子時突然陣痛，從七樓兒科病房送進三樓產房時，已開五指。凌晨產下一個小壯丁，母子均安。

我向爸爸道賀，順便去嬰兒室看一下小baby。

醫院應該頒一個「績效卓著」勛章給我。看一個人的病，收三個人住院。

不被疾病主宰

我在門診長期追蹤診治一些嚴重全身性異位性皮膚炎的青少年。他們從孩提時期就顯得退縮、沈默，總是擔心別人指指點點及異樣眼光。

從嬰幼兒、幼稚園、小學、中學，到進入大學，本該隨年紀退去的病情，在他們身上變本加厲。這疾病的另一個名字是羞辱和沮喪。

吃的、擦的、保養的、濕敷、照光，我什麼都試，只要能達到緩解效果，使他們的皮膚重回光澤，就能改善自我形象，重建信心，宛如重生。

但是，短暫好轉，不代表治癒。

長久的醫病互動中，我讓他們知道這病是可控制的。不僅是靠藥物，還包括生活中大大小小誘發因子的辨識排除。於是我幾乎進入了病人全盤的人生。在這漫長的戰役裡，他們知道我一直都在。

不僅是靠藥物，我學會傾聽、支持、鼓勵，努力讓自己值得信任，不排斥他們的外表，了解他們的哀愁，分享他們的喜悅。

我始終沒治好他們，疾病可能永遠會是他們生活的一部分。我能做的是確保他們的生活不被疾病主宰。

新時代的醫學生

幾年前，我帶著醫學系五年級生迴診，問其中一個學生，怎麼區分喘鳴（wheezing）和哮吼（stridor），準備好好「電」他。

「我不知道，但我一點也不在乎。」那個學生竟說：「我將來要做一個醫療王國的執行長，雇用知道怎麼區分的人來就行了。」

當時我真希望記得這位學生的名字，警告我的家人和朋友不要找他看病。

不過隨著歲月流轉，我的想法變了。我發現這位學生教我的，比我教他的多。

現在的學生不再以劍及履及、博聞強記為能事。他們知道，知識不見得要放在腦子裡，放在指尖能輕易取得的地方也可以。懂得怎麼找就行了。

現在我真希望記得這位學生的名字，追蹤他的雄心壯志實現了沒？請他雇用我。

副作用

在少子化的今日，我很慶幸仍不時有爸媽帶著三個孩子一起進診間，有種說不出的熱鬧、親切、溫馨，但副作用也不少。

光是誰要先看就吵得不可開交。一個好不容易乖乖坐定，另外兩個就把診間當遊樂場，搶我的聽診器、亂按我的鍵盤、打開水龍頭、在診療床爬上跳下……

不只一次，絕望的媽媽在眾聲諠嘩中為失控的局勢向我道歉。

媽媽說：「醫師你看我們這三隻還真不是鼓勵生育的好宣傳呢！」

爸爸在旁冷冷的說：「如果推銷避孕藥的話就是。」

心電圖檢查

前一陣子爸爸因為急性腸胃炎住院。醫生怕電解質不平衡引起心律不整，幫他安排了心電圖檢查。爸爸腎功能不好，心肌梗塞過。還很孱弱，吊著點滴。我推著輪椅，穿過醫院的長廊，來到心臟治療中心的心電圖室外，抽了號碼牌。

技術員親切問候，熟練地在爸爸四肢末端夾上夾子。要爸爸掀開上衣，迅速把六個吸盤的吸球（導程）貼滿胸口。

爸爸坐在輪椅上，連診療床都不必躺上去。一下子就完成了。

想起當年實習時，有一次碰上一位懷疑有心絞痛的老婦人，我奉命為她做心電圖。

我還背不太熟胸前六個導程的正確貼放位置，手忙腳亂。她忍著痛卻不怪我，語氣輕柔，要我慢慢來，甚至叫我「醫生」。

我把凝膠塗了她滿身，吸球偏是黏不上去。只好一邊微笑陪她聊天。她十分健談，告訴我她一人獨居，兒女早已高飛遠颺。

折騰一陣子，總算印出一張完整的紀錄。我看不懂上面畫些什麼，但我知道她是一個好人。

當我把胸前的導程一一卸下時（有點捨不得，好不容易才裝上去的），她告訴我說：「謝謝你，醫生。我覺得我好多了，我的胸痛已經完全消失了。」

我十分困惑：我沒有治療她，為什麼會有效果？是病人期待心理使然？碰巧她症狀暫時改善？或她只是安慰我，事實上並沒有進步？還是我操作心電圖的過程，有某種「非特異性」的療效？……這個問題，到今天，我仍沒有答案。

「沒怎麼樣吧？」爸爸問。

「一切OK。」爸爸的心電圖上羅列十二個導程的波型，健康而美麗。

爸爸露出久違的微笑，我滿心歡喜推他回病房。至少暫時一切都好。

最難忘的病人

十幾年前，我當兒科專科醫師口試委員時，常問考生一個問題：「告訴我，你當住院醫師時遇過最難忘的一個病人。」

我會這樣問，是因為自己在各階段的晉升口試歷程中，也曾被「長輩」反覆問過這個問題。所謂「難忘」，通常是罕見而複雜的疾病，必須查很多書，有縝密的臨床思路，才可以想到這個奇怪而困難的診斷，並給予適當的處置。這問題可以證明，考生是否有相當的臨床知識，當機立斷的技能，可以獨當一面，勝任主治醫師的職位。

有點尷尬。

隨著行醫經驗的累積，我發現自己最「難忘」的病人，並不是他生什麼病，用什麼藥，或者是臨床數據的細節，而是病人是怎樣的一個人，他的傷痛帶給我的心理衝擊，他的處境帶給我的省思……

所以，如果你現在問我「最難忘的病人」，我不會告訴你我如何聰明地猜到一個罕病的診斷，英勇地急救起一個新生兒，或把病人寫成「病例報告」投稿論文……

我會告訴你一個孩子的故事。我最喜歡的病人。他在慢性病的糾纏下，依然快樂、有禮貌，適應良好。

我會告訴你，我開的任何處置，他照單全收，不怕麻煩，不怕痛。他有一種奇妙的天賦，讓在他身邊的每個人感到溫暖和放鬆，包括我自己。

我想說的是，有時候考官在意的不是你是一個醫生，他們也會想知道你這個人。

我建議考生，下次遇到這個問題。試著告訴考官：你遇過最愚蠢，最有趣，最不知所措，最讓你感到窩心的小朋友或家長，因為這會反映你這個「人」，你的個性適不適合當兒科醫師……這或許比你「會不會診斷」還要重要。

像我有時候，會記得孩子的姓名，臉孔，他的牙套，他最喜歡的CD……卻忘記了他的診斷。

數位化影像與衛教

一位體弱多病，長期在我門診追蹤的七歲小朋友問我：「可以讓我看一下自己的X光片嗎？」有何不可呢？我把他拉到電腦螢幕前，點出他的檢查資料夾，把他這幾年來做過的影像檢查和肺功能判讀，隨時序治療的變化，娓娓告訴他。

這件事在紙本病歷年代是浩大的工程。要填單借片，病歷翻爛了也不一定做得到。「看來你進步不少呢。」我鼓勵他。此事信而有徵，父母滿心歡喜。

數位化是王道。我們專注在病人身上的時間被偷了，必須設法扳回一城。例如可以善用平板電腦上的動畫和影像，解釋比較複雜的解剖構造、用藥的外觀與種類，及居家生活的衛教等。

上次爸爸住院時，我看到一位住院醫師，傍著病人，頭靠著頭，一起觀看他手上電腦播放的心導管手術影像。

這樣的解釋勝過千言萬語吧。

廢墟中的信

不小心在廢墟中尋得一位原發性免疫缺損病童及其母親，在謝貴雄教授逝世後寫的紀念信。

我在台大當住院醫師時，免疫技藝還停留在手工業時代，但謝教授的嚴謹是出了名的。我和顏大欽醫師常看著手上的檢體發愁，為了顯微鏡底下的白血球有無穿透boyden chamber[24]那層薄膜而爭辯不休。

這對母子默默出現在我眼角餘光處。從孩子六歲確診，定期到謝教授研究室施打免疫球蛋白起，轉眼也十年了。雖家境並不富裕，但媽媽人極客氣，常準備水果與冰品請我們吃。孩子偶和我聊天，長年的支氣管擴張症使他舉步維艱，他有時得背著氧氣筒上學。

媽媽回憶，第一次帶孩子看病，謝教授幫孩子做完腳部的檢查後，竟主動幫孩子穿回褲子。孩子三番兩次住院，謝教授哪怕再忙，深夜也會抽空來探望。

媽媽在研究室陪伴兒子與謝教授聊起病情常淚流滿面，謝教授總是遞衛生紙給她，安慰她說：「碰上就碰上了！就別哭了！」我腦海裡碎片式的畫面被這對母子的信串成了故事。

某些人，某些事，當時無暇注視的美好，其實不曾消失。它牢牢登錄在記憶某處，相隔一些時日總會反覆再被說出，成為還留在醫界最堅實的理由。

24　一種測定白血球趨化能力的儀器。

莫理斯與史帝姆醫師

一九七〇年，莫理斯，一個十個月大的男嬰，躺在小兒科加護病房，營養不良、奄奄一息，嘴巴有厲害的鵝口瘡。

這孩子先天沒有免疫系統。從三個月大開始，他不斷地生病——肺炎、中耳炎，轉診到ＵＣＬＡ，醫生診斷他得了ＰＣＰ肺炎。開的抗生素對他越來越沒有用。莫理斯被安置在無菌的保溫箱。他是美國第二個bubble baby，所謂「嚴重複合型免疫缺損」。能存活的唯一方法是接受骨髓移植。他是我在ＵＣＬＡ的恩師理察・史帝姆，生涯面對最大的挑戰之一。

五十年前，骨髓移植還是一個實驗性的療法。在莫里斯之前只有一個成功案例，何況他的四個哥哥姐姐，經配對檢查，都不是合適的捐髓者。

然而，莫里斯在惡化。等不及了。史帝姆醫師緊急找血液科專家討論，決定勉強選用和莫里斯相容性最高的三姐骨髓，做了移植手術。

渡過了難捱的兩週，喜的是：復原的跡象出現，莫里斯的鵝口瘡不見了。憂的是：他開始出現「移植物抗宿主反應」，呼吸困難、全身紅疹，像被燒傷一樣。醫生說有生命危險。

兩週後的某天。莫里斯呼吸突然變得比較平順。隔天，他在床上蹦蹦跳跳。

後續的檢查證實，移植是成功的。莫里斯過一歲生日後不久就出院了。在家人與史帝姆醫師無微不至的照顧下，莫里斯的童年風平浪靜，再也沒有住院過。「我只從媽媽那裡聽到我的事情。」四十八歲的莫里斯說：「除此之外，我和正常人一樣長大，沒有兩樣。」

二〇一八年的夏天，莫里斯的媽媽帶著莫里斯和兩個姐姐到UCLA拜訪史帝姆醫師。媽媽對五十年前的事仍然如數家珍：「史帝姆醫師是一個奇蹟。五十年後能夠重聚，再次看到史帝姆醫師並感謝他，是無上的喜悅。」

「史帝姆醫師得到我雙親的最大信任，他們百分之百尊重他的醫療意見。」莫里斯的姐姐說：「沒有那個信任，莫里斯不會活到現在。」

一九九五至一九九六年史帝姆醫師是我在美進修的指導教授，年逾八十仍精神奕奕地懸壺濟世。印象中的他風趣幽默，是蝴蝶領結的信奉者。

他不吝於給人讚美。一九九五年我剛進他的實驗室，比手畫腳、辭不達意，講電話前還要先打草稿。他卻說我的英文比前一個韓國人好太多。

他慷慨好客，時常送我書，送我音樂會和球賽的門票，邀請我到他家參加耶誕派對……

我人生地不熟闖了禍，向他報告「災情」。他說這沒什麼大不了，和顏悅色替我扛下，默默費盡心思替我「善後」。

他對學術「敬事而信」：我在ＵＣＬＡ的研究論文在彼此信箱往返，修改二十次以上。我以為這是最後一個版本了。他跟我說：「你這文章可能得大修。」……

他的視病猶親，他的優雅，樂於分享，即便二十五年後，我還是學不來。只能買下他最近寫的書，遠遠懷念他。

自動出院

週六，我正陷在門診病人陣中動彈不得，住院醫師打來電話：「林醫師，您的病人要辦自動出院！」我急忙上樓安撫這焦躁沮喪的母親。

她這幾天抱著高燒五天的幼嬰在醫院亂竄，一定是慌了，覺得每個醫護人員都和她過不去。為孩子好，她總算聽進我的勸留。老氣橫秋不全是壞事。

與她約法三章，折騰半小時才回診間坐定。沒多久住院醫師又急call：「這回是爸爸要找林醫師talking！」爸爸質疑醫師對孩子病情說法不一，嚴厲控訴醫院服務不佳，從外地氣沖沖地趕回，大有山雨欲來之勢。

孩子病情不算複雜，難在化解雙親的困惑鬱結。我花了點時間，才讓爸媽放心地把孩子交給我。說也奇怪，當天該是極其難捱繁瑣的門診，看來分外順遂。我看完門診後再上病房去探視詢問了一次，交代值班醫師有問題盡量call我。

隔天我再去探望一次，So far so good。孩子在媽媽懷中安睡，綻放久違的微笑。那笑會傳染似的，媽媽和我都笑了。

醫療經濟學

在醫學中心看病比較貴。

前天門診，一位爸爸帶孩子看完病，拿帳單過來質疑，為何這次門診費用多了好幾百塊，以前從來沒有那麼貴。他面有難色。

仔細一看，小病人剛過跨過三歲門檻。就醫的優惠沒了。三歲以上在醫學中心看病，就和大人一樣，沒有轉診單的話，就貴很多。

我一邊向爸爸解釋，一邊和他聊天。景氣顯然不太好。錢不好賺，他工作勤奮，領的錢卻很少。有一次他向老闆要求加薪，他的老闆面有難色地說：「我是很願意。但想到我所能給你加的薪水是那麼少，對你是一種侮辱。所以就打消念頭了。」

他只差沒說：「我願意接受那個侮辱。」

結論：我們同仇敵愾，他的老闆是個「惡魔」。

我反思了一下，其實「醫生」也差不多。

不知道在哪裡讀到，一個病人說的：「醫生以三種型態存在：一開始，他接受徵召，我們歡呼，他是天使；然後他開始治療，我們瞻仰，他是神；終於，當我們的病好了，他開始收取費用，他就變成一個駭人的惡魔。」

所以每當三歲以上的小病人回診時狀況好很多，我就會詳細衛教，盡量不要開藥（我偶爾也會有良心發現的時候）。

看到小朋友大病初癒的笑顏，父母如釋重負的眼神，瞬間突然相信：「看病」不是做生意，醫生是一個「志業」。

最後總會不由自主地，把健保卡從電腦抽起來，交還回父母手上，直接「退號」，分文不收。其實，很多家長是不計較這個錢的。或許我幫他省的，對他微不足道，但這是一種心意，「勿以善小而不為」。

我這輩子永遠也當不成像奧斯陸（WilliamOsler）那樣的「仁醫」。但難道這樣，我就不當「醫生」了嗎？

是醫師，也是病人

直到有一天，你從醫師變成病人，「沉浸式」體驗病房的危機四伏，走路像他們、說話像他們、思考像他們、對事物的感受也像他們。

你就是他們。

曾迷醉在自己疾病裡面的醫師，才知道撫慰病人的正確姿勢。

刀疤

年輕時動了一次胸腔手術，左側胸壁被縫出一道二十公分鐵軌似的刀疤。曾是血淋淋發炎腫痛的傷口，如今不再疼痛，摸起來乾爽而平滑，像蛇蛻的鱗片。

那只是某個外科醫師的例行公事：用手術刀將我剖開，拿掉該拿掉的，然後把我縫回原狀，使我重生。這刀疤是他在我曾脫軌失序的肉體上的簽名。

我行醫，對這一切瞭若指掌。但我並不以它為榮。術後那幾年，我害怕下游泳池，總覺得有人指著它議論紛紛。當時身上容不得醜惡，總想徹底除之而後快。

它痛苦地提醒我：我和我的病人沒兩樣：會發出「怎麼會是我？」的哀鳴；痛恨那些漫長的等候；覺得主治醫師從不讓我把話講完；對那群怯生生圍著我看的實習醫師不耐煩……

年紀再大一點兒，看了更多滿身傷痕、與疾病共存的生命，才慶幸自己曾順服地趴下，認真地生過一場大病，領略人生航行裡必要而痛苦的短暫繞道。

刀疤的顏色逐漸褪去，如寓意深遠的古文明文字。對我而言，它像通過某種試煉得到的護身符，一個值得樂觀的路標：虛榮已被戳破，生命有重整旗鼓的可能。至少我還活著，正往療癒之路邁進。術後從傷口的劇痛中醒來的悸動份外甜美。

所幸我現在已能和三個小孩開心在水中嬉戲。碰上診間病人對開刀猶豫不決時，我樂意掀開上衣展示這戰利品，告訴他這沒什麼大不了的。

（《聯合報》副刊，二〇一五年六月十七日）

生病教我的

敘事醫學裡，你要了解病人做的事情，讀「病人誌」（patho graphy）是很重要的。

「病人誌」大致以小說和傳記的形式，以第一人稱苦主身分，掏心掏肺、一五一十交代自己在病房經歷的「醜事」，並試圖從裡頭擷取「意義」。

史蒂芬・金（Stephen King）引述湯瑪士・哈代（Thomas Hardy）的話：「小說裡最精彩絕倫的角色一經比對，也不過像是一袋白骨。」

有時讀再多也「進不去」，難免有隔靴搔癢之感。對醫師而言，儘管病人那麼熱心地教你，還是不如你著著實實的生一場重病。

生病時，你把自己縮到最小，把自己的生活完全變成病人的形狀。你經歷他們經歷的，和他們互動、打好關係，全天候觀察他們的苦、他們的依賴和掙扎……親眼看著事情發生，身歷其境地獲得「沉浸式」的體驗。

直到有一天，你和他們一樣感到病房危機四伏，你走路像他們、說話像他們、思考像他們、對事物的感受也像他們。你就是他們。

曾迷醉在自己疾病裡面的醫師，才知道撫慰病人的正確姿勢。

建議：曾經生過什麼重病又活回來，應該寫入醫師的履歷表。

大腸鏡檢查

人是脆弱的，尤其生病時最能體會，醫師也一樣。醫學知識無法取代「自己走一遭」的真實經驗。我最近做了大腸鏡。檢查前一晚，我喝下兩公升的瀉劑。建議每個腸胃科醫師在開立這玩意前，先親自嘗試一下。

我堅持不麻醉。蜷縮在床上，背對著醫師，看著螢幕。其實沒想像中痛。管線在腸道匍匐前進，如朝暉夕陰，散放各種色彩。腸道皺摺像小小的山丘，充滿奧秘，像有什麼東西隱身其後（最好不要）。

黏膜平滑沒有裂痕，帶著濕潤的光澤，美極了，如果可以，我真想在上面簽名。

可是醫師掃興地說我的腸子真是老了，像異地旅遊的街頭轉角，隨時有新奇的「東西」迸入眼界。我屏氣凝視，醫師氣定神閒，一邊夾息肉做切片，一邊和技術員閒聊。他一點也不擔心。隔科如隔山，我豎起耳朵，努力推敲他句子裡的遣詞用字，企圖了解裡頭的微言大義。

我的大腸鏡檢照片，可在電腦病歷上檢閱。我有點羞赧，不敢與好友共享，甚覺該提高為「限十八歲」層級。這是我的「腸道寫真集」，我的私密之美。應該由我和我的大腸獨享。

有些事情，我一個人記得就好。

等

「半個小時了。我看著診間的門，什麼事也沒發生。沒有人走進去，沒有人走出來。」有一天我「越界」成為病人。候診時隔壁的一位「戰友」沮喪地說，他好不容易才向老闆請假一個小時，和我商量，可不可以讓他先看。

候診室是很多事情產生質變的地方。很多病人說他修養很好，在這裡卻開始抓狂，因為──「等」。各式各樣的人，從雙親、愛人、朋友、員工、運動選手，甚至醫師，來到這兒，扮演「候診病人」這角色，多半不能勝任。

出現在候診室，其實就輸了。別人知道你生了病，只差不知道細節。你的「隱疾」引人遐想。你把頭壓低，恨不得趕快逃離。

好不容易進診間，醫師向你解釋，「你這種情形不需要使用抗生素，不然會造成全世界抗藥性的增加；也不要用類固醇，它有很多副作用……」看來你的問題，只能聽天由命。只能「等」。

如果醫師決定將你「轉診」，那你的問題才剛開始。可能是幾週以後，其他院區的特別門診。人更多，更難「等」。

或者，你要「等」一種新的掃描或檢查。它可能延誤，可能需改期，從來不會提前。

做完，可能是好消息，也可能是壞消息。你要「等」報告出爐（有一位病人骨頭酸痛，被醫師告知說他血液怪怪的，需要複檢。他擔心等了一個月以為自己得了白血病。後來雖沒事，卻讓他瘦了四公斤）。

萬一你要住院，先回家「等」通知。住院之後，你每天「等」主治醫師來查房，「等」他宣告新的壞消息，「等」你的親友良心發現送來鮮花……

枯坐一個多小時，我有點想破門而入的衝動。當醫師的我，從不將病人的「等」當回事，總是悠哉遊哉。有點汗顏。

「等」我好了回去看診，再設法不讓病人「等」。

倖存者

我在三十三歲的時候開過一次大刀，後來陸續大小病不斷。我是個倖存者。從很多方面來說，每個人都是。

生病的時候，你才發現，人生充滿意外。你原先痛恨的例行公事是一種幸福。醫院充滿敵意的環境，讓你亟思力求穩定，讓你感官完全張開。

例如面對術後難以忍受的疼痛，我哀求醫護人員給我打Demerol的那刻，我認知到，住院病人的心理安全感，建立在有勇氣展現「人性」的醫護人員身上。

病人的福祉，是醫院全體員工，包括主治醫師、護理師、實習醫師、住院醫師、助理、營養師、行政代表、自助餐員工、維修人員……的「集體創作」。

人生最重要的部分可以被隨機而仁慈的舉動所描繪並記憶。我永遠記得：被插NGtube時輕柔握著我的手的實習醫師；每天總會抽空找我聊天打氣的住院醫師；我半夜做惡夢醒來全身濕透為我換衣服床單的護理師；我第一次下床走路時，擁抱我、向我慶賀的隔壁床看護；當我沮喪到了極點，仍保有適度幽默感的主治醫師……

對當時醫護人員提供的，任何微小的幫助，我現在都有說不出的感激。

每個鼓勵的話語，每個安撫的音調，每個溫暖的碰觸，每個適時的沈默……

每個微小的細節，在那樣的人生時刻都會被放大，被珍視。

病人或許不記得你的名字。但在那樣的人生時刻，你為病人做的，會使你的容顏，永遠銘刻在他的心中。

另類接觸

我常權充「導遊」，領著本校低年級醫學生、國外醫學院交換學生，到兒童醫院「逛一逛」。其中一個非去不可的「景點」，是新生兒科加護病房（NICU）。

有一次護理師剛好整理管線，要我幫忙，暫時抱著一個不到八百公克的「巴掌仙子」。這「小東西」不幸有著早產兒的所有併發症：新生兒呼吸窘迫症候群（RDS）、新生兒壞死性腸炎（NEC）、腦室內出血（IVH）、早產兒視網膜病變（ROP），需要全靜脈營養輸液（TPN）……但他很勇敢，撐過來了，逐漸茁壯，邁向康復之路。當然，路還很長。醫師為他開了很多處方。我抱他在手上，什麼也不做。只是抱著。

一開始我覺得無聊，後來我發現，在我手上的是醫院裡最微小、最弱勢的「人」。我不得不小心翼翼，他那麼纖細、那麼無力、那麼讓人憐惜……

我站了十五分鐘，靜靜地抱著他、看著他，然後坐下來，又抱了十五分鐘。

這「另類接觸」，讓我深深體會：身為病人的脆弱與無助。每個醫學生都該抱抱看，最好一日抱三回（要做好無菌操作），讓他們知道，科技固然重要，有時也該拿張椅子，坐在病人的床邊，握住他的手，好好地凝視他的臉，靜靜地聽他說話。

我也曾開過刀，也曾不能動彈，插著尿管、包著尿布，在病床上等待救援……我驚恐、無助、失去尊嚴……

下次我再住院（呸呸呸），我希望我教過的醫學生照料老師時，能記得他們手上抱著「巴掌仙子」的感覺（或者puppy也可以）。

住院所察覺的

我看病。卻不對生病免疫。我也生病，但生病不見得全是壞事。困而學之。困難的處境會讓人想一些舒服日子裡想不到也無暇去想的事。

長時間的蒼茫奔波，早讓自己的眼睛失焦。書讀著讀著淚流不止，不是感動，只有疲憊。生活裡沒有什麼激動到想講給別人聽的事，也沒有太值得等待所以必須一直盯著的人。

躺在病床上。事情變得不一樣。

再也沒有事情跳入眼睛裡。既無責任也不被催趕。終於沒人理你。你感覺一種自在。眼睛亮了起來。

這是人生唯一不急著趕赴未來的時刻。看著走鐘的身體，重新閱讀自己。

你有意識地尋求病房中的一切。你發現你的身體帶著光源，像ＣＳＩ犯罪現場裡的「光敏靈」——刷到哪裡，亮到哪裡。你原本看不見的血跡、精液、漂白水……世界在你眼前一寸一寸剝開，呈現，柳暗花明。

「林醫師」變成「林先生」，疾病不會因為你的醫學知識變得比較好受，醫護人員也不會因為同儕而特別優惠你……

你想起卡夫卡「變形記」裡的巨大甲蟲。

住院像一種緩慢的察覺過程，補足你只當醫生所欠缺的某種成分，某種熱度，某種必要的視角。你變得完整和病人的漸湅關係醒了過來。人生像重新展開的棋局，如果你幸運病癒的話。

「林先生，您今天可以出院了。」護理師親切對我說。

回去？讓自己變得比較笨？才不呢！我好不容易才讓自己來到這裡……

換邊站

有次我站到病人那一邊，生病住院了。

有一堆問題要問醫師，但醫師出現在我面前的時間如朝露，一下就人間蒸發。

我推著點滴架在醫院病房走廊漫走，看到許多工作人員：護理師、醫檢師、技術員、書記……還真碰不上一個穿白袍、戴聽診器的醫師。

醫師到哪兒去了？

我發揮同業的同理心揣想：困在幫病人辦出入院的文書作業？或者向教授報告一個有趣的案例？還是正領著學生床邊教學？穿梭在各委員會開會？……

我終究還是失去耐性，要護理師call我的主治醫師。等了半天只來了個intern[25]。

倒不是醫療處置有何失當，但我只是要一點點面對面的眼神交流、及時而溫暖的解釋、充分的緘默和傾聽。有這麼難嗎？

後來我才痛苦的察覺：我也常忙到只能在「幕後」打點自己照護的住院病人。他們殷殷期待我的，想必也是同樣的東西。

25 實習醫師。

傳家寶

那天我在街上碰到二十年前幫我開刀的醫師。他肯定不認得我。我卻記得他。現在的他已經白髮蒼蒼。應該不動刀很久了。

當時，他是個優秀的外科醫師，開我的時候是他的全盛時期。

當時，他眼神給我的感覺——有自信，能和他匹敵者寡，但沒有架子，態度很謙虛。

當時，他不在乎我認為他優不優秀。重要的是，他相信自己是最棒的，只要他站上手術檯，他知道他在做什麼。他發號施令，贏取勝利。

或許是一場混戰，但至少他救活了我。我對他感恩戴德。我要告訴他：他做了一件多麼重要的事。但我猜他現在怎麼樣都想不起自己做過什麼。

我想走近他，拉開我的襯衫，露出胸部那一條他創造的刀疤。以現在的標準，不怎麼美。我一點也不介意。

我只想提醒他，想想在執刀的三十幾年裡，救了多少的命，改善了多少人的生活。

那是何等美好的傳家寶。

克理爾普醫師

二十多年以前，我生過一場大病。那是在美國進修快結束的一個早晨。慢跑回來，盥洗台上，我竟然咳出一口鮮血。三十年幾乎完美的身體，出現裂縫。

不久，我開始咳嗽，每一口都是血。我的指導教授羅伯特醫師（Dr. Robert）帶我到急診照了一張X光片。本來預期可能是肺炎，但是當醫師把片子放到看片箱上，一陣令人錯愕的沉默。我的左肺的下二分之一被陰影籠罩。

羅伯特醫師說：「或許還有什麼別的。你需要看胸腔科醫師。」

接下來我就被轉介給這位醫師，克理爾普醫師（Dr. Kleerup）。他仔細問了我來龍去脈，開了一堆檢查，我在一個又一個小房間打轉。電腦斷層顯示一個不知名的腫瘤。

肺結核？畸胎瘤？他說他也不確定。後來請X光科醫師會診。最後診斷出爐，懷疑是一個「隔離肺」，加上細菌感染。

我當時是窮光蛋一個，在美國開刀治療太昂貴。我問他能不能暫時先把症狀控制，回台灣再治療？克理爾普醫師說：「依你這樣子的狀況，可能連上飛機都危險。」

我血越咳越多，且開始微燒。身體不適還可忍受，我進行中的實驗室研究怎麼辦？滿心期待的臨床工作呢？我的schedule怎麼辦？人生的「計畫」，可能全部泡湯。

他帶我到他的辦公室。打開抽屜，把一整袋廠商送他的克理羅黴素（clarithromycingranule）樣品全部給我。我服用後咳嗽慢慢改善，血也越來越少，總算可以撐到回台灣開刀。

在這之前，我當過醫師，但從來不了解病人的感受有多麼累人、多麼令人挫折。醫院人進人出，到處都是燈光，永遠充滿吵雜。

「醫師的職業生涯，就是不斷的受訓和考取證照。」克理爾普醫師說：「很少人知道，生一場大病的經歷，對醫師而言，和考取其他證照同樣重要。

「你就把它當作是一次『學程』，或者一次病房的『輪值』吧。」

很感謝克里爾普醫師為我做的，我的心情竟然頓時clear up起來。

心太軟

被診斷為三高加糖尿病前期，我有一陣子硬下心來，成為清教徒，什麼也不敢吃。

醫師說：謹慎自律，日子才會變好。好像生病是我的錯，未來的福祉建立在當前的遲延享受。所以海鮮、乳酪、肥肉、美酒、陽光……這些人生的精華，現在都和外遇一樣，於法不容。我開始無止盡的運動，學習新的東西來避免阿茲海默症，吃很多的纖維來預防腸癌（結果大腸息肉還是長一大堆）。

我陷入一種無意義且令人沮喪的、重複的想法跟行為當中，無法擺脫。我變了個人，好像「異形」住進體內。遵守這麼多規則，其實不會活更久，只是感覺起來比較久。日子因這個不行那個不行變得漫長而痛苦。

我只消遵守有「實證醫學」背書的習慣就行了：例如不抽菸、少量飲酒、均衡飲食、保持快樂、戴保險套、變有錢（這比較難）等等……

朋友帶我到醫院對面飯店吃Dim Sum[26]。我起初不要不要的。結果我點了「蜜汁叉燒」、「玫瑰油雞」、「蔥煎粉腸」、「起司焗白菜」、「生菜蝦鬆」、「上海菜飯」……最後端上甜點「流沙

26 廣式點心。

心太軟」。我咬太大口，不小心被噴出的餡燙到。如果有鏡子，一定可以看到我一臉幸福而滿足的表情。

「異形」暫時遠離我，還我本色。這才是我。

生病是一種轉化

二十年前我因咳血求診。醫生對我說：「胸部有個東西，要開刀。」開完刀，住了一陣子加護病房，我最怕的就是護理師要從我的氣管內管抽痰，那真是痛徹心扉！

轉至普通病房後，我因為久臥不起，背部長滿紅疹，又痛又癢，便請來皮膚科醫師會診。大概是傷口太駭人，又發出惡臭，我翻開衣服時，醫師頓時花容失色，手掩口鼻，站得遠遠的，唯唯諾諾，說她知道了，會開藥給我擦……

有一夜晚，孤獨一人。我輾轉難眠，十一點睡，惡夢連連，還沒十二點，就被驚醒。醒時全身冷汗，我的睡袍和被單都濕透了。

我沒有求救（通常我只有需要「嗎啡」的時候才會按鈴），但一位護理師看到了。她在忙別的，我不是她負責的病人，我也沒有召喚她。

她走過來，用天使般的聲音，問我哪裡不舒服，測量我的生命徵象，為我擦乾身體，更換我的睡袍跟被單……只是為了「這人需要幫忙」。

她幫了。那一刻。這簡單的善意如此強大，我舒適地進入夢鄉。

那是我在醫院睡得最好的一個夜晚。

即使後來康復出院，從某方面來說，我仍活得像一個「倖存者」。

生病這件事，會使人謙卑，讓人打從「內臟」體會：你很可能突然喪失一切，不再是原來的自己。生病讓我更「聚焦」看自己。以前我只會想「病生理」、「可以衡量的治療目標」……

生病時，我想的是：萬一沒好怎麼辦？那時老婆剛懷孕，我可以看到孩子出生嗎？我還能當醫生嗎？孩子的童年會有我嗎？

我慶幸自己可以信任醫師，那是生病中較愉悅的部分。我對他的處置從不猜疑。把醫學的部分都交給他，我才可以負責想別的。

生病教會我，人生是何等脆弱跟短暫。世事無常，沒有必然因果關係，不要問「為什麼是我？」

而要設法從苦難中找到隱喻和動力，體驗並擁抱人生最珍貴的元素：愛和意義。

生病改變我的「價值觀」。它讓我覺得身旁那些汲汲營營不知道在忙什麼的人很蠢。

歷劫歸來，重披白袍，感覺自己被轉化。我好像戴上一副特製的眼鏡，更能清晰地看到病人主訴背後，生命中更重要的東西。

十分鐘

二十年前我做了一次核磁共振，為了一個胸部不知名的腫瘤。他們把我綁緊，推進掃描器。空間其實很小，雖然我沒有幽閉恐懼症，但在裡頭度秒如年。

檢查完畢，為我檢查的醫師知道我是同業，對我說：「十分鐘後，就告訴你答案。」

我開始在腦中計時。現在應該五分鐘了吧。下一步是解脫回家？還是辦住院？十分鐘到了。好吧，再等等。他們在裡頭忙，很難判斷時間。應該已經十分鐘了，沒有動靜。讓我再數到六十。慢慢地。十一分鐘了。他們不該說十分鐘的，他們到底在做什麼？十五分鐘了。他們是發現了什麼嗎？一定是不好的東西。那是唯一的原因，二十分鐘。他們是不是在看一個類似轉移的病灶？

我扭著頭，隔著玻璃，往檢查室裡張望。一堆人圍在那裡，似乎絞盡腦汁，要取得共識、要下一個困難的診斷。我很想衝進去。但我忍住了。

二十五分鐘。一定是轉移沒錯。我要怎麼辦？太太最近才懷孕。三十分鐘。或許這不是世界末日。一切還有轉圜。若不能開刀，化療可能是一個方式。我只想趕快離開這裡。四十五分鐘。醫師終於出來了，說一切沒事，應該是良性的。後來我的手術順利。

我深切地檢討自己。我一定也曾經對我的病人說過類似的、漫不經心的、自我感覺無害、卻影響深遠的，關於時間承諾的話。

當了病人，我才知道十分鐘有多久。

私下再說

帶著學生查房。一位實習醫師報告病史，當著家長的面，倉皇地對我說：「孩子的心臟突然變得很大。」我趕緊把他拉到一旁。

如果有人說你的心臟變得很大，你擔不擔心？

二十年前，我莫名其妙被發現胃長了個兩公分的腫瘤。看起來像良性的，開刀嫌太invasive[27]，放著怕會變大。於是我斗膽進行了當時還在萌芽階段的「內視鏡黏膜下切除術」，醫師也坦承他的經驗不多。但看著他真誠的眼神，我相信他會盡力。

手術當中，我看著螢幕上我的胃黏膜，血汩汩冒出。

醫師掩不住緊張：「這止血怎不太靈光？」、「好像接觸不良？」、「廠商不是才剛修過，這刀子怎麼不太利？」、「他X的，怎麼又出血了……」、「小姐趕快拿XX來！」、「快，去備血！」……

他好像忘了：我還醒著。

有時候醫師不必那麼「原音重現」，一五一十把心裡面的「驚恐」和「憤怒」講給病人聽。病

27 侵入性。

人對你的信心會瞬間潰散。他們把自己的健康，甚至他的生命，都交在你的手上，這難得的「信任感」，不只是倚賴你的「醫術」，還有你說的「話」。

注意，醫師與醫學生或護理師的「床邊討論」，病人聽得到，說不定也聽得懂。你說的話，該使病人覺得感激，給他們帶來希望和力量，使他們不覺得孤獨無助。

不是這樣的「話」，我們私下再說。

怪病

有一次旅遊回來，我出現下腹痛症狀，痛到無法睡覺，有苦說不出。經過幾個月侵入性的檢查，排除了「前列腺癌」的可能。但疼痛不適依舊。

醫師說診斷可能是「慢性前列腺炎／慢性骨盆腔疼痛症候群」。我的經驗是病名越長，越少人研究。果然。醫師聳聳肩說：「恐怕沒什麼有效的治療。」

「那這病的病程如何？要怎樣才可以好一點？」我絕望地問。醫師回答：「有部分會自己慢慢好，可能幾個月到四、五年都有。」診療結束。

是無期徒刑嗎？拿著醫師從網路印下來過時的衛教單，到藥局領藥時，面對不確定的未來，我差點哭出來。

後來我就到處看病了。有的醫師根本忽略這個問題；有的醫師懷疑我真這麼痛嗎；有的醫師甚至暗示：既然沒效，幹嘛還一直抱怨、一直要回診……

跟這病相處久了，我發現其實醫師可以做得更好。例如我有一次遇到有類似遭遇的醫師，他知道這病有多難受，和我分享一些緩解的小撇步。說也奇怪，那天心情就好很多。

例如另位醫師，雖然他沒有親身經歷，但他以誠懇不輕蔑的態度，認真傾聽我的痛，並介紹我各種「另類療法」，我聽他講完，就沒那麼痛了。

又有一位醫師說：「目前關於這病的預後不是很清楚，一直有新的治療準則出來。我和你分享，對你應該有一點幫助。追蹤期間，有任何需要，請再跟我說。」後來我這毛病竟不藥而癒了。

當醫師的，應該承認極限、傾聽對話、溫故知新，尋求外界支援、見證陪伴，使病人不感到被遺棄。這樣，病人即使得了「不治之症」，也會相信「這不是世界末日」，也會感激醫師的。

減肥

我在診問看到肥胖的爸爸時，總忍不住問一句：「你昨晚吃什麼？」其實我該問我自己。

最近一位從美國回來的醫師朋友，他專治肥胖。他說一個病人因過於虛弱在家無法出門就醫，必須動用到消防隊破門而入。另一位病人因病要做ＭＲＩ時，放射線科說找不到夠大的機型可以把他的身體放進去……

我不要！

我開始以大量綠色蔬菜、鳳梨、芭樂、番茄、蘋果、堅果充飢。成效不錯，但所費不貲。看到甜食擋不住誘惑怎辦？「忍痛」用無菌小刀片把ＯＲＥＯ、法蘭酥、紅豆麻糬、義美夾心酥的內餡慢慢刮除後，再吃。一來有運動到，二來有種「揮劍砍向自己脂肪」的快感。記住，餡一定要用衛生紙包好，迅速丟進馬桶沖掉（在改變主意以前）。

再來。息交以絕遊：任何吃飯的聚會聯誼一律（盡量、最好、可能的話）不參加。到了這年紀，世間事，沒什麼事興奮到值得吃東西慶祝；也沒什麼事嚴重到需要吃東西療傷。在孤獨中使自己成為敏感的人。人間有味道的東西很多，不一定都得靠吃才能享受。

還有，繼續寫臉書。煮字可以療飢。寫得好時，每有會意，欣然忘食。寫得不好，咀嚼自己寫的文字，就覺得沒有食慾。

下輩子還要當醫師

作為醫師，從病人身上學到，人生總不完美。
幸好總有某些日子，人生的「節慶時刻」：
例如病人痊癒、升等成功、學生青出於藍等等，讓我對「不完美」免疫。
於是決定，下輩子，還要當醫師。

朋友的真面目

我請一位要好的醫師朋友吃飯。早到了，他還在醫院忙，我在病房等他。等待有點枯燥、有點漫長，於是和護理師們聊到他。

「他超準時的。我們call他，他總是立刻就來……」

「半夜call他，有時病人沒怎樣，只是虛驚一場，他也毫無怨言，還一直說：『辛苦你們了』。」

「他記住我們每個護理師的名字，而不會只叫我們『護士』。」

「他常自動給年輕的幹部跟學生護理師上課。」

「沒聽他批評過其他醫師，即使是接到爛攤子。」

「他很機靈，總能設想到護理師沒說出口的需求，提前動作。」

「他很認真傾聽護理師對病人處理的看法。」

「一有機會，他就招待全體護理同仁點心、蛋糕、巧克力。」

「他身段很柔軟，並勇於承擔，隨時說：抱歉，是我的錯。」

「遇到假日節慶，他總是記得送病房一張卡片，慰勞值班人員。」……

朋友在病房這麼受歡迎，和我對他長期的「貼身觀察」一致——我也常常收到他的禮物和卡片。我自嘆弗如。朋友知道如何「與人為善」，把護理師的潛能和專長發揮到極致，終究可以嘉惠病人。畢竟，醫療是一個teamwork。

本來想抗議他讓我久等的，竟生氣不起來了。

人物側寫

醫訊曾有個專欄叫「人物側寫」。主要是針對院內較「年高德劭」的同仁做深度訪談。後來因為沒有記者，常常得自己來而式微。

我很想知道，「大人物」是否也有「想逃脫眼前的命運卻未能如願」的遺憾與脆弱？聽「秀異人士」用平靜的話講神奇的事，是一種享受。我可以暫時放下手中工作，肩膀放鬆，發出幾聲由衷的歎息。

訪談的大綱如下：

你最早的雄心？

你生涯中做最對的一件事？

你幹過最糟的工作？

犯最糟的一個錯？（很多拒答。）

你覺得當醫師錢夠嗎？（很多都說夠。）

你希望你年輕時能「早知道」什麼？（還好沒有很多人說早知道就不幹這行。）

你最崇拜哪一位現在還活著的醫師？為什麼？（作為我下次採訪的對象。）

你希望你的墓誌銘是什麼？（最好不要問，有人會以為我在詛咒他。）……

問到「（在確定自己一事無成後）你最希望發生的醫學進展是什麼？」有位醫師答：「找到預防失智的方法。我爸爸死於路易氏體痴呆，媽媽現在是晚期的阿茲海默症。希望下一代不用和我有同樣的經歷……」

問到「你最感到罪惡感的嗜好」？有人說是「研究，尤其猶抱琵琶半遮面的初期，像戀愛一樣。」（難怪他會成功！）；有人說「與家人相處」；有人說「值班時抽空閱讀」（真的嗎？）；有人說「到日本滑雪」，有人說「華格納」；有人說「巧克力，有核桃的那種」、「香檳酒」、「起士」……

問我的話，答案大概是：「在該做正經事（寫論文）的時候，寫臉書。」

奇怪的腹痛

一位媽媽帶著小朋友來看我，說她自己小時候是我看的。我既欣慰，又有一點悲傷。這位媽媽小時候常常鬧肚子痛，我始終查不出什麼原因，懷疑她可能害怕上學什麼的。

現在，這位媽媽向我坦承：小時候家庭經濟不是很好，她的父母親在孩子入睡後，常為了錢要怎麼花，大吵大鬧。她聽了，睡不著，只能暗自飲泣。姐姐笑她：「哭什麼哭？他們大人都是這樣，吵一吵就沒事了。」

可是有一次兩人話越說越狠，媽媽竟然說：「不然乾脆離婚算了。」

這時，她衝出臥室，摀著肚子大聲說：「爸爸，媽媽，我肚子痛。」她是他們的掌上明珠，兩人立刻停止爭吵。臉上的暴戾之氣轉為憂心。

爸爸過來摸摸她額頭：「有沒有發燒？」

媽媽問她：「哪裡痛？想不想吐？」

「冰箱裡還有一點表飛鳴，先拿來給她吃。」

「好。先擦點薄荷油，看會不會改善？」

兩人開始討論：昨天上學還好好的呀？帶她去哪裡？吃了什麼東西？不是叫你不要帶她去公共場所？語氣轉為溫和的互相怪罪。

過一會兒，她說：「比較不那麼痛了。」爸媽不吵了。她心滿意足，回房睡覺。大部分的時候，一次就OK了。但偶爾，她回去睡，兩個又重新開戰，她只好再「痛」起來。

「這孩子到底怎麼了？」

「明天早上給她掛林醫師看一看。」

「現在他們兩個感情很好。」她說：「只是當時我冤枉吃了很多表飛鳴和您開的腸胃藥。醫師，這樣要不要緊？」

醫院的導遊

我最近常領著「閒雜人等」到兒童醫學中心（我的地盤）「走一走」。包括本校低年級醫學生、新加坡、馬來西亞醫學院交換學生、檢察官、法官……還有遠道的朋友。我權充「導遊」，帶他們到各大「景點」，展開一番瞻仰。並介紹醫療人員在「做些什麼」。

一開始我覺得無聊，醫院哪還有什麼我不了解的地方？這只是一個工作，我的心思飛到千里之外，希望它快快結束。但有時我不得不停下腳步，看看表，稍微傾聽一下他們的質疑，定睛注視他們的「回饋」。牆壁上的海報，指引病人的標示，診室空間的布置，甚至走道上的垃圾桶……他們以難得的坦誠、局外人的眼睛，對我熟悉的周遭，提出他們的見解。

我慢慢才發現，在這建築物走跳二十幾年，很多地方我還是不熟。或許我永遠不會熟。這個世界天外有天。我臨時起意，找了許多醫療同仁，幫忙解說。我夾雜在學員之中聆聽，感受到一種專注和熱情，讚歎得一句話也說不出口，只有深深的感謝。

我對這個每日踐履、習以為常的醫院，做了太多「自以為」的「假定」，常是殘缺的、偏頗的、有待改進的。或許下次，我要更常找一些「非醫學專家」陪我到附近「散散步」。

找誰好呢？診間的病人是一個不錯的選擇。下次陪他們去領一次藥、做一次檢查、住一次院，聽聽他們說些什麼。順便學點什麼。

美麗圖像

我在台大醫院當第一年住院醫師時。一位媽媽抱著她才兩個月大的小男嬰住院。媽媽說孩子愈吃愈少，哭聲微弱，活動力愈來愈差。診所告訴她。這種病只能在醫學中心看。小baby頭極大，把容顏擠壓成一團。有雙似日落的眼睛，在床上動也不動。我不忍直視，只敢輕輕碰他。我猜他神經學檢查應該很不正常。

超音波與電腦斷層一致顯示：孩子頭顱內一片汪洋，找不到大腦皮質。是Hydranencephaly，極嚴重的水腦症。預後極差，大多數活不過一歲。

那是產檢超音波不是很發達的年代。事已至此。我們又能為他做些什麼？抱回去吧。

媽媽說：「我原本期待一個健康可愛的小孩。沒想到……剛出生頭幾天，嬰兒室餵奶時間，我根本沒有勇氣抱他。一邊餵奶，一邊掉淚……」

「後來我發現，他需要我。不管你們怎麼說，他比一般健康的孩子更需要關愛。他是我的孩子。我的責任。我愛他。」

我只能沈默。開始理學檢查前，媽媽問我可不可以先讓她餵奶。我說當然可以。

媽媽輕柔地抱起孩子。小生命像玻璃般脆弱，勇敢在她懷中睜大眼睛，奮力吸吮著母奶，勉強吞嚥，掙扎著尋找天光。媽媽眼神裏有滿滿的疼惜，呵護和愛。

這一幕成為我在醫院所見最難忘的美麗圖像。

初步見識醫院

醫學系二年級有一堂課叫做「初步見識醫院」，我得聆聽他們的課後心得報告，聽他們把在醫院看到的、感受到的，和想問的通通說出來。

一位學生講到他在心臟外科開刀房跟著老師在手術檯上從清晨站到深夜；一位學生說她在癌症門診看到都是千篇一律的絕望，她差點陪病人一起哭；一位學生說他的老師花了一小時苦口婆心勸退一個病人作不必要的手術，又花了一小時向另一個病人解釋一檯非開不可的刀，卻遭到拒絕；一位學生敘述她第一次到手術房見習的細節：手術衣、鞋套、刷手、無菌、站位、分工、設備、器械、醫師做什麼、病人身上起什麼變化……

我看到一個個有心的新鮮人，努力用自己天真之眼，想弄懂眼前神奇之物。字句中充滿獨特的「聲音」。他們曾到過那裡，不用懷疑。

另一位同學把為了上見識醫院課，和忙得沒空理他的老師的聯絡過程，作成血淚斑斑的時間流程表。老師出爾反爾。他想說這事不好喬，一波三折的，但他沒說。他不必。他用畫的。

看來醫學這一行吃力不討好，既不耀眼也不愉悅嗎？也不盡然。

最後一位學生描述他在整形外科門診見習看到的流程：「來看『病』的人都很健康。有時覺得病人一點也不醜，不需要動這刀。」

「老師開始評估，然後向病人解釋手術可以改善的部分，提供種種價目表，供病人選擇。雙方談妥，便排定手術時間。」雖然門庭若市，但大多動機簡單、目標明確，不拖泥帶水。

學生說：「畢業後決定apply這一科。」我微笑點頭。心想，這位學生運氣真好，第一次跟診就碰到了role model。於是問他：「你跟完診最大的收穫是什麼？」

我預期聽到醫師視病猶親，會仔細傾聽、有同理心之類的。

「我把老師今天看的門診人數，和『價目表』上的數字相乘，就知道這科滿賺的。」

榮退茶會

兒童內科部布告欄張貼一則訊息：某月某日，某某醫師榮退茶會。

「苦主」私下告訴我，還會留下來繼續當資深主治醫師。

再過不久，就輪到自己退休了，我可不要來這套（反正我也不是什麼咖，一切是我多慮了）。

這種場合，難免要來個簡短的演講。「標準樣本」的例句如下：

「這送別會辦得出乎我意料之外。我受寵若驚。」（一定要這樣提醒我該滾蛋了嗎？）

「我要對某某某表達謝意、感激。」（該報的仇，都還沒報呢？）

「我難忘許多和大家一起並肩作戰、努力治療病人的經驗。」（以後只好和老婆相依為命，剪剪盆栽，修理家裡水管、車子。）

「我會懷念這些年和各位一起打下的成績。」（大部分是被迫完成的。）

「相信退休不是一個職業的終點，是另一個志業的起點。」（開始省吃儉用，失業的起點。）

「此刻我感到欣慰而滿足。」（其實內心是震驚、沮喪、不情願。）

「我將衣錦榮歸，回鄉下開診所繼續『賺吃』……」（被迫跳下懸崖，白袍裡什麼都沒穿。）

永遠都是小學生

過兩星期，又輪到我要報noon meeting了。這專為住院醫師舉行的教學活動，乃為我所尊敬的恩師，小兒科教授林奏延名譽院長所設立。林院長熱心教學，常常會列席聆聽，動不動還會發問，使我不得不謹慎將事，戰戰兢兢。

這讓我想起美國醫學教育改革大師亞伯拉罕・弗萊克斯納（A. Flexner）。弗萊克斯納最大的貢獻是在一九一〇年，調查了北美洲一百五十五家醫學院。揭穿了其中一百三十二家是「可恥的」不及格，撰寫了著名的《弗萊克斯納報告書》（Flexner Report）。

他說，只有五十家是大學附設的醫學院，有醫學實驗室研究教學的更少，大多數都是不負責任的「文憑販賣店」。

《弗萊克斯納報告書》出版後，震驚美國教育界。各州的「醫師開業證書委員會」紛紛提高審查的標準，不敢再隨便發開業證書。幾年之間，一百五十五個醫學院，退場到只剩下五十個。他是玩真的（不像當代的「醫院評鑑」）。弗萊克斯納活了九十三歲。他自比一根蠟燭，他說：「人要燃燒，才可以有用。」他八十歲時還到哥倫比亞大學上兩年課。教他美術史的教授說：「課堂上有弗萊克斯納這樣一個學生，常使我覺得像一匹馬的馬鞍下藏著一顆有刺的栗子。」

林院長當然不是有刺的栗子。但我樂於承認，不管我多老，在他眼中，永遠都是小學生。

打球不能減肥

下週台塑盃，一個月後就全國醫師盃了，不能再坐視體重直線上升。

自我安慰，體重和球技好像沒有成反比，在球場上常常看到大腹便便的高手（那麼胖的身體，怎能打出那麼優雅輕巧的球？）。

我倒是知道靠打球減肥很難——比賽打贏球開「慶功宴」，打輸球辦「檢討餐會」（一樣吃得下）。再加上「太座的愛心」。

例如球館某球友，明明球打得比我勤，我納悶為何他肚子還是那麼大。直到有一天我們熱戰方酣，他突然接到一通電話。老婆打的，甜蜜地問他：「回家要吃點什麼？」

「冰箱裡面那兩顆粽子先幫我蒸一蒸。」他交代。

最近蹲下去綁鞋帶有點困難，但我不敢面對現實（量體重），寧可用想像的。我估計腰圍每增一吋，發球旋轉度少百分之十，移位速度慢百分之十，側身攻力道降百分之十。

球速和血壓一樣猜不準。每次揮拍都虎虎生風、自我感覺良好，怎麼老打不死對手？後來我知道，可以憑球桌對面老趙接球時臉上表情的痛苦程度，判斷自己弧圈球的尾勁（正常情形下他是皺著眉頭的）。當他的虎口不再感覺一種刺入五臟六腑的震顫，當他面露猙獰的微笑、老向我下戰帖時，就是我該減肥的時候了。

比體重計還準。

這時我只能暫避其鋒：「不好吧，手有點痛」、「最近很忙，你不忙嗎」、「還有論文要趕」、「你先自己練」……然後躲得遠遠的。

醫學會

週末的台南兒科醫學會。每次參加都有種既視感。它竟然能辦得這樣，數十年一成不變。害我連訂高鐵票的衝動都沒有。

儘管如此，這回論文投稿deadline前，我還是硬投了一篇研究摘要。

二〇一八年，我寫的散文遠多於論文（我有寫任何論文嗎？）。

寫論文時必需「喬張作致」，擇一良辰吉日（所以一再延宕），正襟危坐，兩台電腦全開，桌上堆滿期刊及實驗室資料，不理會病人哀鳴，思緒才可能開展。而且通常很難持久。

寫散文只要一枝筆，一張紙，一顆閑靜的心，一扇幽暗的窗。任何時間姿勢都可以發作。像情緒的安全閥，一寫就欲罷不能。

可惜沒有一個醫學會是可以上去朗誦散文的（國際醫學會議的邀請卡，背景通常是一個美不勝收景點的浮水印。讓人誤以為很人文）。

每年報到排隊的隊伍，都像香榭麗舍大道那麼長，卻只是為了學分，一張塑膠識別証，一個人造皮革的袋子，一本會議摘要的書，重到可以把你西裝的皺紋壓平……

然後就是不停趕場，從一個會議接下一個會議，無縫接軌，號稱「滿載而歸」……

醫學會如果能有一個session，讓醫師上台，娓娓訴說病人故事，傳遞感動、淨化心靈、美化人生，暫時逃離健保的叨擾，不亦甚好？

氣氛宜肅穆寧靜，燈光宜黯淡，椅子最好有軟墊，伴隨著演講者帶點磁性的「催眠」聲調，就再好不過了。

診間的母愛

之一

孩子在家燒了兩個禮拜，媽媽焦急地帶他來看診，拿出兩張A4紙。

第一張A4紙詳述孩子每天的症狀，與發燒的關係。記錄使用的藥物、退燒後的精神狀態、食欲、活動力、睡眠……她所能觀察到的一切。

第二張A4紙從發燒的一天開始，她畫了一個圖表。縱軸是溫度從三十六度到四十・六度，以〇・五度為一個單位；橫軸是時間，以小時為單位，注明日期、上午、下午。

孩子的溫度以點連成線，一目了然。孩子每天燒，在夜晚或清晨達一頂峯，旋即退燒，伴隨全身倦怠、頻脈和皮疹，和教科書描述的一模一樣。

這是典型的「每日熱」（quotidianfever），孩子可能患了全身性風濕性關節炎。

之二

孩子因急性蕁麻疹求診。我問媽媽孩子用過什麼藥。

她小心打開文件夾，拿出一疊文件。上頭有條不紊用打字列表，依日期詳述了這半年來孩子服用的二十三種藥，它們的學名、商品名、適應症、可能的副作用、開藥的時間、孩子服用的長短、診所醫師的名字（每個都是嫌疑犯）……

還複印了一份給我，要我夾在病歷（但我們現在都是電子病歷）。

之三

媽媽告訴我，孩子昨夜發燒，伴隨呼吸有聲音。她叫小朋友咳給我聽，孩子哪會配合？她展示絕頂天分，把孩子昨夜在家，如狗吠的咳嗽聲，發自喉頭的喘鳴，學得維妙維肖，讓我一看，診斷就呼之欲出，不覺莞爾又有點心痛。

她們是媽媽。這就是母愛。為了孩子，她們永遠有備而來。

節慶時刻

再過二十天，我就在這個機構的兒科整整二十五年了。衰老是一段死不承認的進退掙扎時光。住院醫師怕我有失憶症，畢恭畢敬地提醒：「老師，請問您現在方便查房嗎？」忽然覺得自己背更駝、頭更禿了，做什麼都不太方便了。

有時候，我懷疑自己，怎麼可以不理會少子化帶來的衝擊，不改其志地持續投身於小兒科此一黃昏行業？

這些年日子過得都好嗎？不。大部分的日子是：拘謹的、素樸的、苦澀的、不太過癮的、避免犯錯的、不敢多想別的、患人之不己知的、盡一切所能求生存的。

但仔細想想，還是有某些日子，暫且找到久違的寬容，感覺可以擺脫一切。自由輕靈，像隻小鳥。不必生命苦役般奔忙，不再忐忑、擔心、負疚和失眠……可以恣意放大誇張當下感受，不怕噁心地大哭大笑，大口喝酒、大塊吃肉……

例如病人痊癒，例如升等成功，例如學生青出於藍……這是人生的「節慶時刻」。雖然不多，足以讓我昂首前行，忘路之遠近。

桃花源中人不必對外面的世界探頭探腦。一輩子只專注做一件該做的事，可能是生命中所能發生最美好的事。

國家圖書館出版品預行編目資料

我願與你同行：伴你走過生命幽谷，一位小兒科醫師寫給生命的情書 / 林思偕著 .-- 初版 . -- 台中市：晨星，2020.02
面；　公分 . --（勁草生活；470）
ISBN 978-986-443-969-0（平裝）

863.55　　　108022764

勁草生活 470

我願與你同行

伴你走過生命幽谷，一位小兒科醫師寫給生命的情書

作者	林思偕
主編	莊雅琦
執行編輯	林莛蓁
文字編輯	何錦雲
美術排版	李建國
封面設計	李建國
創辦人	陳銘民
發行所	晨星出版有限公司 台中市 407 工業區 30 路 1 號 TEL：04-23595820 FAX：04-23550581 行政院新聞局局版台業字第 2500 號
法律顧問	陳思成 律師
初版	西元 2020 年 2 月 6 日
再版	西元 2021 年 1 月 22 日（二刷）
總經銷	知己圖書股份有限公司 106 台北市大安區辛亥路一段 30 號 9 樓 TEL：02-23672044 / 23672047 FAX：02-23635741 407 台中市西屯區工業 30 路 1 號 1 樓 TEL：04-23595819 FAX：04-23595493 E-mail：service@morningstar.com.tw 網路書店 http://www.morningstar.com.tw
讀者服務專線	02-23672044
郵政劃撥	15060393（知己圖書股份有限公司）
印刷	上好印刷股份有限公司

歡迎掃描 QR CODE
填線上回函

定價 320 **元**

ISBN 978-986-443-969-0